LUCÃO
AMORES
AO SUL

Planeta

Copyright © Lucão, 2018
Copyright © Editora Planeta do Brasil, 2018
Todos os direitos reservados.

Preparação: Barbara Parente
Revisão: Ana Grillo e Giovana Bomentre
Diagramação: Bianca Galante
Capa: André Stefanini
Mapa: Shutterstock

Dados Internacionais de Catalogação na Publicação (CIP)
Angélica Ilacqua CRB-8/7057

Lucão
    Amores ao sol : todo caminho tem um começo, um meio e uma saudade sem fim / Lucão. -- São Paulo : Planeta do Brasil, 2018.
    256 p.

ISBN: 978-85-422-1363-8

1. Ficção brasileira I. Título

18-0922   CDD B869.3

2018
Todos os direitos desta edição reservados à
EDITORA PLANETA DO BRASIL LTDA.
Rua Padre João Manuel, 100 – 21º andar
Ed. Horsa II – Cerqueira César
01411-000 – São Paulo-SP
www.planetadelivros.com.br
atendimento@editoraplaneta.com.br

A Joaquin, Mirta, Lucas, Catalina, Omar, Jacinto, Trini, Carlos, Hernandes, Fernando, Ramon, Carlos, Sebas, Marc, Maite, Liga, Pepe, Luca, Moises, Guilhermo, Ana, Jane, Vivi, Renato, Javi, Imanol, Luis, Miriam, Ixo, Felix, Federica, Antonio, Samir, Roni e a todos os peregrinos que cruzaram o Caminho em 2016 e 2017, dividindo suas dores e compartilhando amores comigo.

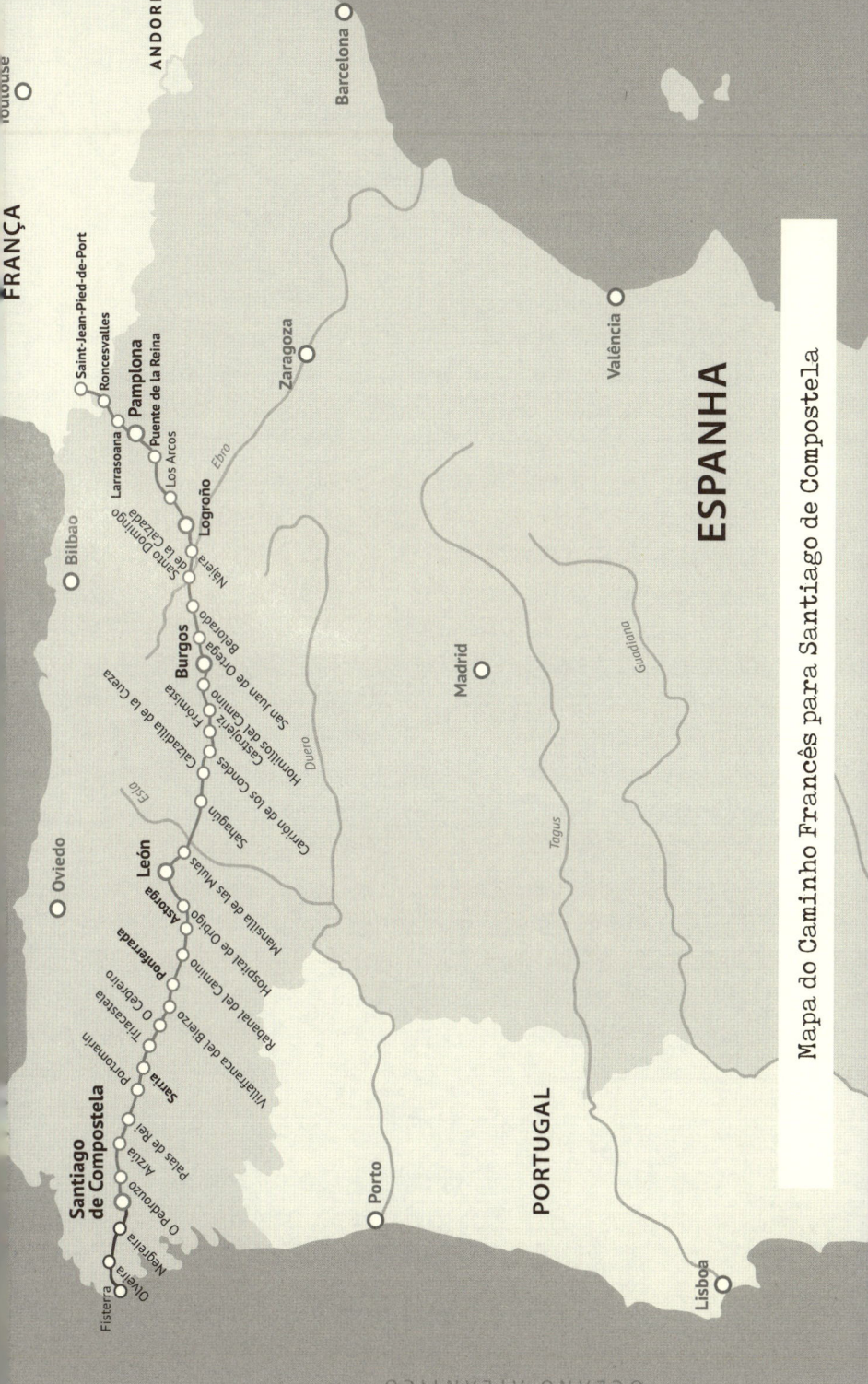

Prólogo
Sábado, Guarulhos, São Paulo

Estou a um dia de começar o maior desafio que já enfrentei na minha vida. E neste exato momento, como se a ficha só tivesse caído agora, uma mistura de ansiedade e medo me domina. Faz uma hora que estou sentado no chão do Aeroporto Internacional de Guarulhos, em São Paulo, pensando na loucura que fiz ao decidir viajar à Espanha para cumprir o Caminho de Santiago de Compostela. Enquanto o meu celular recarrega em uma tomada próxima aos banheiros, começo meu diário de bordo na expectativa de diminuir a ansiedade e enfrentar com mais coragem o temor da caminhada.

Faltam duas horas para o meu voo decolar para Madrid. Tenho tempo de sobra para voltar atrás e desistir. Penso muito em desistir. Em ficar no Brasil.

Dizem que o Caminho começa bem antes de pisar nas trilhas que levam a Santiago. Que, na verdade, ele começa quando decidimos fazê-lo. Concordo. Desde que comprei as passagens para Madrid, o Caminho não sai da minha cabeça. Sonhei com lugares que nunca conheci, acordei cansado, como se tivesse caminhado uma noite inteira. Às vezes, pensei estar delirando.

Também dizem que o Caminho pode ser alucinante para algumas pessoas. Há relatos de peregrinos que, mesmo estando fisicamente bem, não conseguiram terminar a jornada. Alucinaram, voltaram piores do que foram.

Fisicamente, me sinto bem. Mas tenho muitas dúvidas do que vou enfrentar e como vou suportar a dureza da Caminhada, a distância do Brasil, a saudade, a solidão.

Na tentativa de me encontrar, tenho medo de me perder.

Numa vida bem vivida,
cada segundo que passa
é uma saudade que fica.

Caminhos

Meu voo chega cedo em Madrid. Logo que desço do avião, sinto o calor que me aguarda nos próximos dias. É verão na Europa e a temperatura na primeira hora da manhã confirma o rigor da estação. Guardo minha blusa na mochila, sem deixar de imaginar como estará o tempo nas mesetas espanholas, planaltos no meio da Espanha. Nessa estação, é o trecho mais duro porque é muito seco, árido. O meu Caminho começa exatamente nesse ponto, bem no centro da Espanha, no início das mesetas. Sigo pelas intermináveis esteiras do aeroporto como quem atravessa um deserto, até chegar à seção de bagagens.

    A mochila veio comigo no avião, mas tive que despachar alguns itens em outra bolsa, como líquidos, tesoura e um par de bastões retráteis. Recolho minha bagagem da esteira, junto todos os meus pertences na mochila, jogo-a nas costas e sigo para a imigração. O atendimento é rápido, não tenho problemas com a fiscalização e, antes das sete da manhã, ando pelo aeroporto à procura de saídas. Como inúmeros peregrinos que vêm para o Caminho de Compostela, procuro saídas. O Aeroporto de Barajas é muito grande. Estou no Terminal T4S. Para chegar ao terminal onde vou pegar o meu ônibus para Burgos, preciso caminhar até o de número 4, pegar um metrô que faz a conexão para os outros terminais do aeroporto e, finalmente, chegar ao Terminal 1. A previsão é que todo o percurso demore uma hora.

O primeiro ônibus para Burgos sai às dez da manhã. Tenho tempo de sobra para andar devagar e admirar a arquitetura dos terminais recém-reformados. O aeroporto é muito bonito, com estruturas metálicas coloridas e um design moderno. O amarelo predomina na arquitetura e remete, mais uma vez, ao sol. Sinto calor e um pouco de medo do Caminho.

Durante o percurso, perco-me algumas vezes, recorro ao balcão de informações e gasto minhas primeiras palavras em espanhol. Nada mal para o primeiro contato com a língua. Descubro que já estou no Terminal 1. Caminho um pouco mais pelos corredores e logo avisto os guichês da companhia de ônibus que me levará a Burgos. Estão praticamente vazios. Em poucos minutos estou com o bilhete da passagem na mão.

Chego à pequena estação rodoviária, dentro do terminal, antes das oito da manhã. Faltam mais de duas horas para a partida, preciso me distrair. E também preciso de um bom café da manhã. A viagem será longa, de três horas. Um café reforçado vai me cair bem.

No trajeto, cruzo com um quiosque de telefonia móvel e aproveito para comprar um chip local, que será o meu meio de comunicação com o Brasil nos próximos dias. A compra, mais uma vez, é rápida. O aeroporto ainda acorda enquanto perambulo por aqui. As lojas abrem aos poucos.

Com o chip instalado, mando notícias para a família. Conto que está tudo bem, e isso é tudo que eu preciso dizer agora: que tudo está bem.

Não quero falar sobre a saudade e o medo que, quanto mais me aproximo do Caminho, mais tomam conta de mim. Mesmo sabendo que, numa vida bem vivida, a saudade e o medo são tão vitais quanto o ar que respiro, não quero deixá-los preocupados.

Sigo para o café. Escolho a cafeteria mais vazia para me sentar e encostar a mochila com segurança. Minha mochila será a minha grande companheira nessa caminhada. Precisamos cuidar muito bem um do outro, com o mesmo zelo com que cuidamos de uma boa amizade. Eu a carregarei por todo o trajeto, enquanto ela guardará, com segurança, os poucos itens que eu trouxe. Esse é o nosso acordo.

Na mochila, somente o necessário para andar e dormir com um pouco de conforto: três pares de roupas de verão, uma blusa de frio leve e outra à prova de chuva, uma calça de moletom para noites frias, outra mais leve para caminhadas, uma sandália, um par de bastões retráteis, itens de higiene pessoal, passaporte, um livro, lanterna, carregador de celular, pomadas e remédios para dor. A mochila pesa entre oito e nove quilos, que, bem distribuídos, parecem mais leves. Ela também tem um bom apoio para as costas e a cintura. Quando encaixada no corpo, somos um só.

Tomo meu café com calma, enquanto observo o vaivém das pessoas na estação. A cada minuto, gente do mundo todo cruza Barajas. Dizem que o caminho também é assim, repleto de pessoas de todos os cantos, que se encontram e se perdem juntas, rumo a Santiago de Compostela, cada uma em busca de algo: algumas em busca da fé; outras, de coragem, aventura, experiência espiritual, paz... Dizem que muitas pessoas chegam aqui sem saber o que buscam. Mas que, assim que pisam no Caminho, encontram sua jornada. É o que dizem.

Gasto mais de uma hora sentado, enquanto observo o movimento das pessoas no aeroporto. O tempo voa. Quando olho no relógio, vejo que falta meia hora para o ônibus partir. Levanto-me, ajusto a minha companheira de viagem nas costas e começo a caminhar rumo à estação de ônibus. Sentar, guardar a mochila. Levantar, pegar a mochila. Rotina que se repetirá por mais de vinte dias de caminhada.

Pontualmente às dez, o ônibus estaciona na estação. Duas filas se formam: uma de frente para a porta de entrada dos passageiros e outra maior, próxima ao bagageiro. Com medo de me perder da mochila, me posiciono na fila de entrada do ônibus, mas logo sou advertido pelo motorista. Minha mochila é grande demais para ir com os passageiros. Pela primeira vez na viagem, precisamos nos separar. Com medo, acomodo-a no compartimento repleto de malas e subo.

Mesmo pensando em mil coisas, na mochila, na saudade e no Caminho, assim que me sento na poltrona, adormeço. Estou exausto da viagem. Foram mais de dez horas dentro do avião, do Brasil à Espanha, sem contar as conexões. Durmo como se já tivesse cruzado uma Espanha a pé.

Acordo desorientado, sem saber quanto tempo dormi. Olho para fora, vejo campos de girassóis que se perdem na paisagem e se fundem à cor dourada do céu. O sol derrete todo o horizonte.

Foi muito difícil escolher a data para fazer essa caminhada. A primavera e o outono são as estações mais agradáveis para os peregrinos, com temperaturas amenas e campos mais bonitos de apreciar. Só que chove bastante. No inverno, a temperatura abaixa para quase zero e deixa a jornada, em vários trechos, bastante perigosa. O verão é o oposto, quase não chove e, com muito sol e calor, a caminhada pode até ser desgastante, mas previsível. Acostumado com temperaturas mais altas, o verão me pareceu a melhor estação, principalmente por não precisar carregar itens pesados na mochila. Não posso correr o risco de me machucar com o sobrepeso nas pernas e terminar o Caminho mais cedo. Meus dias aqui são contados. Tenho três semanas para completar os quatrocentos e noventa quilômetros que separam Burgos de Santiago.

Pouco antes de uma da tarde, o ônibus estaciona na pequena rodoviária de Burgos. O dia está bonito lá fora. Mesmo com o sol forte, a cidade parece refrescada por suas belezas. Da janela do ônibus, vejo as folhas das árvores, que balançam como se me dessem as boas-vindas.

Desço do ônibus assim que a porta se abre. Corro para o bagageiro. O motorista demora a abrir o compartimento. A ansiedade para reencontrar minha mochila só aumenta. Para o meu alívio, ela está intacta. Antes de colocá-la nas costas, abraço-a discretamente, como dois namorados tímidos que se reencontram numa rodoviária.

O meu próximo passo antes de contemplar a cidade é encontrar o albergue da minha primeira noite na Espanha. O Caminho, para mim, começa amanhã bem cedo. Antes, preciso garantir uma cama. O verão é a estação mais procurada por peregrinos europeus, por conta das férias escolares. É quando os albergues lotam de gente do mundo todo. Por isso, a minha pressa.

Os albergues do Caminho são abrigos exclusivos para quem faz a jornada. Para se hospedar é preciso comprovar que é peregrino com uma Credencial de Peregrino oficial, que se obtém em igrejas ou associações de peregrinos. A minha, eu consegui no Brasil, numa associação na cidade do Rio de Janeiro.

Os albergues estão espalhados por toda a rota e as opções são diversas: há albergues privados, paroquiais e públicos. Dizem que os públicos e paroquiais proporcionam experiências mais bonitas, por serem mais simples e acolhedores. São mantidos pela paróquia ou prefeitura da cidade. Por isso, a taxa de hospedagem neles é mais barata e serve somente para manter os lugares limpos e conservados. São muitas as histórias de peregrinos que, depois de terminarem a caminhada, voltam para trabalhar como voluntários temporários nesses albergues. Uma forma de ajudar a preservar a tradição do Caminho.

Acelero meu passo à procura do Albergue Municipal. A única referência que tenho para encontrá-lo é a Catedral da cidade. Sei que o albergue fica em uma rua lateral bem próxima à igreja. Decido caminhar junto a um grupo de turistas que parte da estação. Assim que começo a andar, sinos ressoam por todos os lados. Olho no relógio, é uma da tarde e o barulho não me deixa dúvidas de que são os sinos da Catedral. Apresso meu passo por mais uma quadra, viro à esquerda na esquina por onde todos seguem e vejo-a imponente: noventa metros de altura e quase mil anos de vida impregnados nas paredes duras de pedra. Pela primeira vez na viagem, me emociono. Um instante em que me encho de felicidade de pensar que aquele enorme e seco paredão guarda histórias milenares de guerra e paz. Gasto um instante por ali antes de seguir minha busca por uma cama.

É domingo e Burgos tem cara de cidade feliz. Crianças correm entre os jardins, à margem do rio que corta toda a cidade. O verde, todo bem cuidado, parece crescer com o barulho das águas. Uma sinfonia que só é interrompida de hora em hora pelos sinos da igreja.

Vou atrás de informação para encontrar o albergue. Sei que ele está próximo. Procuro me orientar na recepção da Catedral. Sou atendido com muita simpatia e, sem dificuldade, entendo que estou bem perto. A duas quadras da igreja, pela rua principal, viro à esquerda numa ruela exclusiva para pedestres. Subo duas pequenas escadas que dão para a rua de trás da igreja e avisto à minha frente um portão bem alto de madeira. É aqui. Uma porta pesada, rodeada por pedras, compõe o pequeno e antigo prédio, espremido entre outros edifícios.

O portão está semiaberto. Entro rápido, chego a uma antessala e empurro uma porta de vidro, que me leva a outra sala, a recepção do refúgio. Nela, avisto uma fila de pessoas formada de frente para uma bancada de madeira. Atrás da bancada, dois atendentes fazem o registro das pessoas que chegam. Algumas mochilas estão enfileiradas sobre um banco baixo, escoradas na parede. Acomodo minha bagagem por lá e tomo meu lugar na fila.

Não demora para eu ser atendido. Ao contrário do que havia pensado, o albergue tinha acabado de abrir. Somos os primeiros hóspedes a chegar. O voluntário que me atende percebe que é o meu primeiro dia na jornada.

— Logo você se acostuma — fala em um espanhol fácil de entender.

— Com o quê? — pergunto.

— Com isso, a rotina do peregrino. Chegar, fazer o registro, subir, arrumar sua cama, tomar um banho, almoçar... depois descansar, jantar, conhecer a cidade e dormir. Acordar, caminhar, chegar a uma nova cidade e começar tudo outra vez. Logo você se acostuma — explica-me enquanto gesticula com as mãos a rotina de um peregrino.

— Ah, sim! Espero que sim.

Muito simpático, solicita minha credencial de peregrino para carimbá-la pela primeira vez. Em seguida, faz meu registro no albergue e me informa sobre a acomodação. Fala dos horários de funcionamento, da abertura e fechamento do portão e me conduz para dentro da hospedaria. O prédio tem dois andares, além do térreo. No térreo ficam a área de serviço e a cozinha coletiva, com várias mesas e cadeiras. Ele me diz que aquele é um lugar de convívio. Os peregrinos podem cozinhar suas próprias comidas ou promover ceias comunitárias, que são ótimas para se conhecerem melhor, ouvir histórias e relaxar.

Em seguida, subimos para o dormitório, no primeiro piso. O espaço é enorme, cheio de beliches, divididos por pequenas muretas de cimento. Cada cama tem um pequeno armário embutido lateralmente, com trancas para guardarmos as mochilas. Fico feliz de não ter que me preocupar com segurança na minha primeira estadia. O hospitaleiro aponta minha cama e se despede para atender o próximo peregrino.

Apesar de vazio agora, tenho certeza de que o lugar, em breve, estará repleto de peregrinos. Corro para acomodar minha bagagem e tomar o meu banho. Conheço a rotina de albergues e, por mais bem cuidados que sejam, encontrar um banheiro limpo é tão raro quanto tomar um banho de água quente. Uma das dicas mais importantes que ouvi antes de vir, e que mais se repetem, é a do banho: "Dê prioridade ao banho, sempre".

A ducha estava ótima. Termino de me arrumar, guardo a mochila no armário, estico meu saco de dormir sobre a cama, pego minha toalha e estendo-a no varal, que fica na varanda do quarto. Desço para conhecer a cidade com calma. Também preciso almoçar. Estou faminto outra vez.

O dia continua bonito em Burgos. Saio do albergue, a rua está tomada por sombras e brisa. Sigo por uma praça, que parece ser o centro gastronômico da cidade. Sem ter um lugar específico para comer, resolvo deixar a intuição me levar. Ando pelas ruas enquanto experimento os sabores das comidas com os olhos e o olfato. Antes que as opções terminem, avisto uma bandeira verde-amarela estendida na porta de um restaurante. Por mais que eu também queira experimentar os sabores locais, não resisto e entro. Não é pela comida. Minha esperança é de encontrar brasileiros, compartilhar minha alegria e angústia de fazer o Caminho sozinho.

Um garçom me recebe com um entusiasmado "Bem-vindo ao Brasil!". Agradeço e me sento numa pequena mesa perto da porta. Com um sorriso, o garçom me pergunta:

— Feijoada ou picanha? — Nós dois rimos.

Conversamos um pouco antes de fechar o pedido. Descubro que ele também é brasileiro e está na Espanha há sete anos. Conto que é o meu primeiro dia no país e que, no dia seguinte, saio cedo rumo a Santiago de Compostela. Ele conhece o Caminho, apesar de nunca ter feito.

— Cada ano que passa há mais brasileiros pelo Caminho. Você vai encontrar algum por aí — ele comenta.

Enquanto aguardo a comida, penso em como seria mais fácil fazer o percurso com um brasileiro ao meu lado.

A comida chega e se vai quase no mesmo instante. Ao contrário do que havia me sugerido o garçom, como uma pasta nada brasileira, à carbonara, acompanhada de uma taça de vinho tinto local. Meu corpo pedia macarronada como se já estivesse preparando reservas para as longas caminhadas que estavam por vir. Depois de pagar a conta, saio satisfeito por ter comido tão bem e encontrado um brasileiro. Por mais que não tenha sido um peregrino, sinto-me um pouco mais acolhido. Sem pressa e direção, caminho devagar pela cidade.

Fico um bom tempo dando voltas pelas ruas da parte histórica de Burgos. Observo as pessoas e o que mais vejo são peregrinos, ainda com suas mochilas nas costas, à procura de comida e cama. Burgos fica exatamente no meio do Caminho Francês. O Caminho completo, saindo de Saint Jean Pied de Port, na França, fica a oitocentos e vinte quilômetros de Santiago, e me custaria de trinta a quarenta dias na rota. Como eu só tenho vinte dias de férias, escolhi começar meu Caminho daqui, de Burgos.

É bastante comum peregrinos que não dispõem de muitos dias para fazer o trajeto completo optarem por trechos menores. Inúmeros, como eu, começam daqui, da metade do percurso. Outros fazem somente os últimos cem quilômetros de caminhada. Isso não diminui o Caminho. Pelo contrário, como a jornada é individual, só quem decide fazê-la sabe o tamanho de cada passo dado por aqui.

Sentado numa cafeteria, tento adivinhar as histórias de cada peregrino que passa pela rua. De que país eles são? De onde começaram o Caminho? Por que estão aqui? Talvez por isso digam que a jornada é tão rica de histórias e surpresas. Uma mistura de pessoas que não se conhecem, de países e culturas tão diferentes, unidas pelo mesmo destino, Santiago de Compostela. Quando pessoas tão distintas se encontram e vivem juntas suas alegrias e dores, quase tudo que acontece é uma surpresa.

A tarde passa rápido, mal vejo que o relógio marca sete da noite. O dia ainda está claro, mas é hora de voltar para o refúgio. A temperatura cai um pouco e o céu, numa mistura de azul com laranja, se despede com o melhor que ele pode me oferecer. Contemplo essa fotografia por alguns instantes, penso nos meus próximos dias. Estou a algumas horas de começar a caminhada. Imediatamente, meu coração dispara.

Volto devagar para o albergue. Tento controlar a ansiedade observando a beleza cravada na arquitetura da cidade. Na chegada, percebo que o lugar já é outro. O refúgio está abarrotado de gente. Na porta, alguns peregrinos conversam como velhos amigos. Muitos, mesmo aparentemente cansados, não deixam de sorrir para mim. Entro e subo para os quartos. Minha cama está intacta. Vou ao banheiro, escovo meus dentes e, antes das oito da noite, já estou na cama de novo. Com calma, organizo minha mochila para o próximo dia. Deixo tudo pronto para, assim que acordar, pegar a bagagem e partir. O meu plano é levantar bem cedo, às seis da manhã, para começar a caminhada antes do nascer do sol.

Pelos roncos e pouco barulho entendo rápido o valor do descanso. Poucos peregrinos estão acordados. Organizam suas mochilas, recolhem suas roupas nos varais e conversam baixo, em línguas distintas. Os italianos são os mais extrovertidos, sempre em grupos maiores de jovens, que parecem carregar mais felicidades que roupas nas mochilas.

O albergue fecha as portas às dez. Às nove, estou na cama, preocupado com o Caminho. Enquanto os minutos avançam a passos lentos, uma angústia faz meu coração acelerar. Sinto medo. Por um momento, chego a me arrepender de ter decidido fazer a viagem sozinho. Tento me desfazer desse pensamento, esvaziar a cabeça e descansar, mas as horas não passam e o sono está tão distante quanto Compostela.

Já são dez horas da noite. A porta do albergue acaba de ser fechada. Apagam as luzes do quarto. Sinto que não há mais o que fazer por aqui a não ser dormir e caminhar. Não há volta. Desespero-me. Meu corpo muda de temperatura. Sinto-me gelado e não tenho a quem pedir ajuda. Estou sozinho num quarto cheio de desconhecidos. Tenho medo. Fecho meus olhos, na tentativa de encontrar uma cama vazia no meu pensamento para aquietar-me, quando escuto duas batidas secas na madeira do beliche. Vem da cama de baixo. Em seguida, ouço uma voz, quase que sussurrando, em português:

— Ei, peregrino! Está acordado?

Assusto-me. Por um instante, meu coração se aperta outra vez. Será, enfim, um brasileiro?

— Sim...? — respondo sem saber se a conversa é mesmo comigo.

Num pulo, um rapaz se ergue ao meu lado. Tem o rosto magro, bastante queimado do sol. Seus olhos claros parecem cansados, mas também animados em me ver. Aparenta ter entre trinta e quarenta anos de idade.

— Como soube que eu falava português? — pergunto curioso.

— Pelo livro sobre a cama — responde apontando para *Cem anos de solidão,* de Gabriel García Márquez.

Sento-me na cama e nos apresentamos. Ele também é brasileiro, chama-se Rodrigo e me conta da sua jornada. Faz vinte dias que caminha pela Espanha. Conversamos um pouco mais, revelo que é a minha primeira noite de peregrino, mas Rodrigo tem um olhar vago, de quem não quer ver as coisas ao redor.

— Você disse que está há vinte dias no Caminho? Está perdido? — brinco numa tentativa de reanimar a conversa, mas Rodrigo nem me olha. Responde com a cabeça voltada para o chão.

— Acho que estou... — De repente, sua voz é interrompida por um choro forte, como uma chuva que mal se arma no céu e desaba. Chora como se carregasse suas lágrimas havia dias. A chuva dura quase um minuto. Rodrigo evita, ao máximo, me olhar. Antes que eu fale, emenda: — Estou... e não consigo me encontrar. — Depois fica em silêncio, tentando afastar suas nuvens. Seu olhar passeia entre o chão e a minha cama, até encontrar novamente os meus olhos. — Me perdi de uma pessoa. Sua tristeza é imensa. Os olhos marejados não conseguem se fixar em nada. Definitivamente, é um olhar perdido.

— Desculpa! O Caminho tem sido um pouco duro pra mim.

Não sei o que dizer. Fico em silêncio, na esperança de que sua tristeza vá embora. Rodrigo continua, sem esperar qualquer palavra minha:

— Vim sozinho para o Caminho. Depois de andar por alguns dias, encontrei uma pessoa. Começamos a caminhar juntos. Sua companhia me fazia muito bem. Extrovertida, bonita... viramos companheiros, até que um dia ela sumiu. — Rodrigo para e respira e depois prossegue. — Nesse dia, eu acordei mais cedo e fui até a sua cama para acordá-la, mas a cama dela estava vazia. Foi quando percebi que estava sozinho de novo — ele conclui enquanto enxuga as lágrimas na manga da camiseta.

Dá pra ver o desespero no rosto do peregrino. A princípio, penso que pode ser mais um brasileiro maluco por aqui. Mas algo me diz que não, que devo escutá-lo. A tristeza em seu olhar é tão profunda que eu não consigo enxergar seu fim. Diante de mim está alguém que precisa de ajuda.

— Há quanto tempo ela sumiu?

— Faz uns cinco dias que não a vejo. Nos conhecemos em Pamplona, eu acho. Em Logroño, cem quilômetros depois, a gente se perdeu e comecei a pensar no pior... Estávamos felizes juntos, não havia motivo pra ela sumir de repente. Fiquei com medo do que poderia ter acontecido, então arrumei minha mochila e saí o mais rápido que pude atrás dela. — Rodrigo balança a cabeça de um lado para o outro, como se ainda não acreditasse na história que conta. — E os meus últimos dias têm sido assim, tentando encontrá-la. Às vezes, caminho depressa; noutras, devagar. Mas nada, nenhum sinal dela. Cada dia que passo sem notícias é um dia a mais de dor e um dia a menos para reencontrá-la.

Fico um tempo sem saber o que dizer. Vejo que Rodrigo precisa de ajuda, mas não sei como ajudá-lo. Eu mal conheço o Caminho. Conversamos um pouco mais, quase em sussurros, pois já passam das dez horas da noite e alguns peregrinos demonstram desconforto com a nossa conversa. Poucas palavras depois, nos despedimos com um aperto de mão forte e longo. É a minha forma de demonstrar que sinto muito por sua perda. Deito-me com pena do Rodrigo. Meu medo de começar o Caminho sozinho se transforma em compaixão. Sinto que devo fazer algo, mas não sei exatamente o quê. De repente, um cansaço se espalha pelo meu corpo e interrompe abruptamente meus pensamentos. Durmo.

Escuto ruídos antes de abrir os olhos. Demoro a lembrar onde estou e a entender o que está acontecendo. São os primeiros peregrinos que acordam e arrumam suas mochilas para começar mais um dia de caminhada. Ainda está escuro. Olho para o relógio, são cinco da manhã. Logo que acordo, me lembro da conversa com Rodrigo. Volto a sentir pena do brasileiro e tomo uma decisão rápida: vou começar meu Caminho com ele. É o que posso fazer agora: acompanhá-lo. Desço do beliche com todo o cuidado para não fazer barulho e, quando olho para a cama debaixo, ela está vazia.

Rapidamente, retiro minha mochila do quarto com o saco de dormir debaixo do braço e vou para o corredor do albergue terminar de me arrumar. Ele não deve estar longe. Ainda posso alcançá-lo.

Assim que me apronto, coloco a mochila nas costas e desço. A porta de madeira está encostada. Empurro-a com força e saio. Bem em frente ao albergue, uma pequena cafeteria abastece os primeiros viajantes do dia. Resolvo entrar para comprar algo rápido para comer enquanto caminho. Estou um pouco ofegante quando entro, mas, para minha surpresa, avisto Rodrigo sozinho numa mesa no fundo do café. Desacelero meu passo. Entro como se não o tivesse visto. De longe, Rodrigo me vê e acena.

Vou até ele, tentando controlar a respiração e disfarçar minha felicidade em revê-lo.

— Achei que eu seria o primeiro a levantar — falo, rindo enquanto me sento.

— Eu só durmo porque o corpo me obriga... a vontade é de andar sem parar — Rodrigo responde e sua tristeza fica, mais uma vez, estampada no rosto.

Minha esperança de vê-lo melhor se desfaz rapidamente.

— Pra que lado fica Santiago? — brinco, enquanto aponto os dois dedos indicadores das mãos para lados opostos. — Estou um pouco apavorado com o meu primeiro dia.

— Fique tranquilo! Essa ansiedade é normal — responde com um pouco mais de atenção. — Logo você se acostuma a caminhar, a seguir as setas amarelas... — Rodrigo dá outra golada no café e emenda: — Se quiser, podemos caminhar juntos até o Sol nascer. Eu só tenho pressa de partir — fala enquanto se levanta. — Vou pagar meu café.

Sinto um alívio. O corpo relaxa. Sei que quem mais precisa de ajuda nesse momento é ele. Levanto-me e acompanho-o até o caixa. Rodrigo paga a conta, depois caminha para fora da cafeteria. Antes do primeiro passo, tomo um pouco de coragem e pergunto:

— Como ela se chama?

Depois de um breve silêncio, Rodrigo responde:

— Sol... ela se chama Sol.

— É brasileira?

— Não. – Rodrigo olha ao redor, como se a procurasse entre os peregrinos que nos ultrapassam. — Argentina.

Saímos pela rua de trás da Catedral. Ainda está escuro e o silêncio da cidade é tão profundo quanto a tristeza nos olhos do Rodrigo.

Ser feliz não é fingir
que a tristeza não existe.
Você só sabe se é feliz
se já foi triste.

Desencontros

Somos a antítese no Caminho. Rodrigo está calado e triste, e eu, em êxtase com meu primeiro dia. Ele anda apressado, como quem corre atrás dos próprios passos, e eu quase caio enquanto tento me desdobrar entre a caminhada e o encantamento com a cidade de Burgos.

Tudo me fascina. A arquitetura, as ruas antigas, os parques, as luzes e até o silêncio de Burgos. Rodrigo, claramente, procura algo além das setas amarelas. Eu mal consigo enxergá-las. Elas estão por todos os lados e indicam a direção para Santiago. Sinto dificuldade em encontrá-las. São discretas, às vezes se escondem atrás de uma curva, no chão, no poste ou na parede de uma casa.

Rodrigo parece conhecer cada esquina de Burgos. Caminha como se já soubesse a direção. Aprendo com ele que é preciso ter calma para enxergá-las. Se não as vejo, devo parar e observar com cuidado até que elas apareçam. Logo uma seta amarela pequena surge em um canto da parede, apontada para a esquerda. Mais à frente, outra para a direita está pintada sobre o asfalto. Em um poste, uma seta indica que devemos nos manter em linha reta. Assim, costuramos a cidade, à procura de saídas.

A periferia de Burgos é extensa. Depois do centro histórico, andamos por mais meia hora pelo subúrbio, com casas e galpões aparentemente abandonados. Antes de chegar à trilha de terra batida, ainda atravessamos um setor industrial que parece funcionar vinte e quatro horas por dia. Chegamos ao desvio de peregrinos com o dia ameaçando nascer.

— Está pronto para as mesetas? — pergunta Rodrigo antes de pisarmos na trilha.

— Acho que sim. Sou acostumado com o calor. Onde vivo é muito quente — respondo arrancando um sorriso irônico do peregrino. — Até onde você pretende ir hoje? — emendo.

— Vou a Hontanas.

— Trinta quilômetros...

— Trinta e um — corrige Rodrigo.

São vários quilômetros para uma etapa. E para meu primeiro dia eu havia planejado menos, vinte quilômetros até Hornillos del Camino. *Será que devo acompanhá-lo até Hontanas ou sigo meu plano?*, penso.

Imagino que o Caminho para Rodrigo já esteja todo desenhado. Cada passo, cada intervalo para o café, almoço ou descanso, tudo calculado para encontrar Sol o mais rápido possível. Rodrigo tem corpo de atleta, magro e esguio, parece pronto para caminhar o quanto precisar. Ao mesmo tempo, falta esperança em seus olhos. É o que mais me preocupa e me faz querer acompanhá-lo. Esperança é a força do lado de dentro. Sem ela, não há corpo que resista.

Entramos na trilha com meu encanto dividindo espaço com a tristeza do Rodrigo. Ele não caminha, pisoteia o chão de terra, levanta poeira com o peso da sua raiva. A leveza da natureza faz contraste com a tristeza que Rodrigo carrega. As folhas das árvores mudam de cor de acordo com a luz do sol. Elas amarelam de repente, e o que era verde fica dourado. Rodrigo não nota o que está ao redor e isso começa a criar um vão entre nós. Ao mesmo tempo que quero ajudá-lo, penso no meu caminho. Será mesmo que devo entregar a minha jornada à dele?

A paisagem começa a se modificar. O verde ainda é abundante às margens da estrada, mas já consigo ver a fronteira desse verde com o árido no horizonte. Juntos, cruzamos uma plantação enorme de girassóis. Nessa época do ano, eles estão por todos os cantos e ganham vida ao lado do solo desbotado de grãos já colhidos. Agora, no verão, os girassóis parecem obras de arte abandonadas num sertão.

Caminhamos por mais doze quilômetros com essa fotografia, ora margeando a estrada, ora cortando caminho por baixo de viadutos. Passamos por mais alguns campos de girassóis, que são inúmeros e alegram meus olhos. Paro rápido para tirar fotos, enquanto Rodrigo mantém seu passo acelerado. Sempre que paro para fotografar, tenho que me esforçar para alcançá-lo novamente. Rodrigo não para nem para beber água. Carrega nas mãos sua garrafa. A minha está na mochila, num compartimento lateral, difícil de ser acessado enquanto caminho. Para beber, preciso parar, jogar a mochila para a frente, pegar minha água e depois devolvê-la ao compartimento. Não quero as mãos ocupadas. Quero tocar a brisa enquanto caminho.

Andamos por duas horas e meia sem parar, chegamos a uma pequena vila chamada Tardajos, a dez quilômetros de Burgos. Seguimos sobre as calçadas largas da cidade enquanto observo as casas, que parecem vazias. Está muito cedo, imagino que estejam tomando o café antes de saírem para o trabalho. Lembro-me que ainda não comi. E a fome começa a me incomodar. Planejo parar no próximo bar, mas a vila logo acaba e não vejo uma cafeteria aberta. Pego meu celular para procurar no aplicativo as informações sobre a próxima cidade. Um alívio. Em dois quilômetros, há uma outra vila com café e restaurante. Mais uma vez, preciso correr para alcançar Rodrigo.

A paisagem não muda. Girassóis, rodovias e terra. Em vinte minutos, chegamos a Rabé de Las Calzadas. Logo na entrada, avisto o café do outro lado da rua e sigo em sua direção. Rodrigo me acompanha. Estamos há quase três horas caminhando, é o momento de uma pausa. Do lado de fora, em pequenas mesas, peregrinos dividem suas refeições. Eles conversam, interagem e sinto um pouco de inveja desse convívio. Rodrigo mal fala e seu riso, quase sempre, é irônico, como se quisesse me provocar. Passo pelas mesas, peregrinos me olham com simpatia, como se me desejassem um bom-dia. Retribuo. Encosto minha mochila na parede de fora do café, ao lado de outras mochilas enfileiradas, e entro. Rodrigo me acompanha sem tirar a mochila das costas. Alguns peregrinos fazem seus pedidos ao único atendente do local. Quando chega minha vez, peço um café com torradas e croissant. Pago e espero Rodrigo. Ele pede um café curto e mais nada. Seu pedido chega rápido, junto com o meu. Pego a bandeja com todos os itens, mas Rodrigo retira sua xícara e, ainda de pé, toma todo o café numa golada. Devolve a xícara ao balcão e me olha.

— Então é isso! Até logo — fala sem esboçar emoção.

— Espere! Sente-se comigo. Eu não vou demorar.

Rodrigo está virado para a porta.

— Não. Estou atrasado. *Buen Camino!* — diz com um pé já do lado de fora da cafeteria.

— Me diga ao menos o seu telefone para a gente se falar mais tarde.

— Não tenho celular... — Ele me olha e, sem parar de andar, acena um "tchau" com as mãos e se vai.

Rodrigo some pela cidade com a mesma rapidez com que nos conhecemos. Vê-lo sozinho no Caminho e com tanta tristeza me dá angústia. Sento-me do lado de fora do estabelecimento sem deixar de pensar nele. Quero segui-lo, mas meu corpo me impede. Preciso comer e fazer uma pausa.

A fome faz o paladar achar tudo gostoso. As torradas estão saborosas e quentes, e o croissant está fresco. Mastigo tudo com calma, enquanto observo o que acontece ao redor.

Em uma mesa ao lado vejo um homem e uma mulher conversarem. Penso se são casados ou apenas amigos. Eles compartilham um sorriso tão fresco, que parece que se conheceram aqui no Caminho. Em outra mesa, três homens falam alto e riem. São italianos. Não entendo o que conversam, mas consigo rir com eles, de tão boa que soa a história. Miro outra mesa, duas senhoras mais velhas tomam seus cafés em silêncio. Aparentemente, estão cansadas e aproveitam todo o tempo do café para recarregar as energias. Volto a pensar em Rodrigo.

Sua história é triste, mas ao mesmo tempo me deixa entusiasmado. Não poderia imaginar viver uma história como essa no meu primeiro dia de Caminho. É um sentimento egoísta, claro. Rodrigo está mal e eu, de certa forma, comemoro. Não. Não é só isso. Sinto pena e também sinto que tive sorte em encontrá-lo. Rodrigo estava muito mal quando nos conhecemos e, de algum modo, a nossa conversa o ajudou. Tenho certeza. Espero que ele consiga encontrar Sol e que ela esteja bem.

Quando percebo, estou praticamente sozinho na cafeteria. Meu pensamento longe me rouba quase meia hora do dia. Termino de tomar meu café, já frio, pego a mochila, ajeito-a nas costas e volto ao Caminho. O dia já está bem claro e as sinalizações estão mais fáceis de ver. Na saída do café, encontro uma seta amarela atravessada no chão, indicando que devo cruzar a pista para voltar ao Caminho. Rasgo a cidade atrás de setas, uma vila antiga, em tons de marrom, feita de pedras e barro. Subo por uma rua íngreme, que me leva ao fim da cidade. Alguns peregrinos estão à frente, caminham em um grupo maior. Uma fazenda à esquerda é a última casa que consigo enxergar na paisagem. Parece que aqui começam as mesetas. Não há nada no horizonte além do amarelado pasto seco.

Um trator está estacionado no galpão dessa fazenda. Paro pra fazer uma foto, escuto o tilintar de sinos ao fundo. São muitos, não sei de onde vêm. Quando olho para a estrada, um rebanho de ovelhas sai detrás da casa e ocupa toda a via. Elas ficam entre mim e o próximo grupo de peregrinos. Assusto-me. São muitas ovelhas, não há como ultrapassá-las. Fico preso na estrada. Olho com mais calma para a cena, um cão pastor surge da fazenda, como se conduzisse o rebanho. Um senhor mais velho aparece em seguida. Uma cena maravilhosa e assustadora. Começo a caminhar devagar atrás do rebanho e, enquanto penso no tempo que vou perder caso o rebanho demore na estrada, o fazendeiro conduz suas ovelhas para fora do Caminho, por uma porteira ao lado da casa velha. A comitiva não demora um minuto à minha frente. Na subida para o pasto, uma poeira de trigo e terra sobe alta e cria uma imagem brilhante entre pastor, ovelha e pó. Consigo fazer essa foto. E o meu sentimento de medo se vai com a despedida da comitiva. Penso alto: *que sorte!* Um minuto a mais ou a menos e não seria minha essa foto. A vontade que me dá é de abrir o meu peito com as mãos e retirar esses medos que ainda sinto.

Caminho por mais uma hora e começo a sofrer os efeitos do calor. Minha pele e meus olhos ardem. Minhas costas, na região onde a mochila está escorada, estão encharcadas. Transpiro muito. Também sinto os pés deslizarem dentro dos calçados.

No começo, as mesetas são encantadoras. O sol das primeiras horas deixa a vegetação com um tom de amarelo tão bonito quanto o ouro. A luz modifica bastante a paisagem. Gosto do que vejo nos primeiros passos de caminhada. Mas, algumas horas depois, tudo vira pasto e calor. Não há árvores, não há brisa, não há nem girassóis nesse trecho. Procuro no horizonte um sinal de verde ou de cidade e não encontro. Estou a quinze quilômetros de Burgos e a cinco do meu destino do dia, Hornillos del Camino. As pernas também começam a me enviar sinais de cansaço. Paro um pouco em um cruzamento de duas estradas de chão. Pego minha água e me refresco. Bebo metade da garrafa e guardo o restante para a última hora. Sigo.

À minha frente, avisto um casal de peregrinos que anda um pouco mais lentamente. Aproximo-me devagar. Eles ouvem meus passos, percebem minha chegada e se viram quando estou a um metro de distância:

— Bom dia! — cumprimenta-me o senhor em espanhol, acompanhado de um aceno com as mãos da sua mulher.

— Bom dia! Que calor, não? — respondo.

— Sim. Bem-vindo às mesetas. — O senhor abre um sorriso e continua. — Para onde você vai?

— Para a próxima cidade, Hornillos. E vocês?

— Para Hontanas. Você vai chegar bem cedo.

Olho no relógio, faltam dez minutos para as dez. Sim. Vou chegar muito cedo a Hornillos. O plano era chegar mais tarde. Saí muito rápido para encontrar Rodrigo. Caminhamos apressados. Andamos bastante em poucas horas.

— Você está bem? — pergunta-me o senhor.

— Sim. Um pouco de dor nas pernas, mas bem. E vocês?
— Ela tem uma pequena inflamação no joelho. Por isso andamos mais devagar. Mas está melhorando. Aliás, me chamo Jinez. E minha esposa, Rose — se apresenta com um sorriso afetuoso.
— Luca. Me chamo Luca.

Trocamos apertos de mãos. A simpatia do casal me anima. Conto a eles que é meu primeiro dia na estrada, me dão dicas pós-caminhada, o que fazer quando chegar ao albergue, como cuidar do corpo... Eles começaram em Logroño, a cento e vinte quilômetros de Burgos. Estão no sétimo dia de peregrinação. Falo que ainda não fiz muitos amigos, menciono Rodrigo, bem rápido.

Caminhamos por mais meia hora juntos, até que Rose pede para descansar um pouco. Eles param, mas quero seguir. Nos despedimos com mais sorrisos e acenos.

Ficar só é uma forma de experimentar a liberdade em seu estado mais sublime. Como os pássaros quando voam sós, sinto-me com uma liberdade imensa quando estou sozinho. Meus pensamentos são as minhas asas. Voo alto com eles.

Estou só, mas não é solidão. Olho para trás, vejo Jinez e Rose, que caminham longe de mim. À minha frente, a uns quinhentos metros, vejo um pequeno grupo de peregrinos. E mais à frente, peregrinos caminham quase tocando o horizonte. Ninguém está sozinho no Caminho. Nem as minhas dores.

Enquanto ando, penso na jornada. Penso na terra, em como meus tênis já estão imundos de poeira. Escuto o barulho do solado de borracha rabiscando o chão com as pedras. Escuto as pedras esfregando-se. Quase que fazem faísca quando as chuto. Escuto até a poeira que se levanta com as minhas pisadas. São barulhos que, de onde venho, não têm voz. Escuto a voz da natureza. E o meu corpo parece querer se conectar a esses sons. Será que a natureza também me escuta?

Subo um pequeno morro. Chego ao topo exausto. Olho para trás, vejo mais formigas peregrinas próximas do horizonte. Olho para a frente e o que vejo é algo que me alegra muito. No limite dos olhos, a uns dois quilômetros, uma pequena cidade se destaca rodeada por um pouco de verde e nada. É Hornillos del Camino. Estou prestes a cumprir minha primeira jornada rumo a Santiago. São dez e meia da manhã, talvez às onze eu já esteja na cidade, pronto para descansar e desfrutar do que ela pode me oferecer.

O trajeto até Hornillos é longo e exaustivo, mais do que eu imaginava. Percorro uma reta de poeira sem fim até chegar à cidade. Dou meu primeiro passo dentro da vila com muito cansaço nas pernas. São onze e vinte da manhã, não vejo moradores nas ruas. Não há carros. Avisto um café ao final da rua à direita. No trajeto, passo por dois peregrinos sentados na calçada, debaixo de uma pequena árvore. Comem frutas. Nos cumprimentamos com um gesto com as mãos. Eu mal consigo falar, de tão quente que está. Meu rosto derrete.

Chego ao café já com a mochila nas mãos, pronta para ser largada na porta. Não vejo tantos peregrinos por aqui. Estou cansado e com fome. Deixo minha bagagem na porta e entro. A temperatura no interior está agradável. A cafeteria é pequena, mas refrigerada. Por dentro, uma mistura de minimercado com bar. Olho as opções, de biscoitos industrializados a frutas. Eu poderia comer qualquer coisa agora. Pego uma banana num cesto, uma maçã em outro, uma garrafa de água gelada e peço um café. O atendente me informa que só tem expresso, eu aceito. Antes de pagar, puxo conversa e pergunto onde estão os peregrinos.

— Caminhando. Muitos passaram mais cedo e já foram para Hontanas.

— E por aqui? Há poucos?

— Aqui? — sorri. — Nenhum. Não há camas por aqui hoje.

— Como não há camas?

— Há dois dias que o albergue municipal está fechado. Uma infestação de *chinches* interditou o albergue. Só amanhã ou depois para reabrir. Os peregrinos estão indo para San Bol ou Hontanas.

Desespero-me. Como não há camas? Sento-me um pouco no banco de madeira escorado no canto do bar. Minhas pernas tremem.

— Não há outra opção de albergue na cidade? — pergunto, na tentativa de encontrar uma solução que não seja andar.

— Aqui, só o albergue municipal. Por que não caminha até Hontanas? Está cedo.

Enquanto penso na resposta, um casal de peregrinos entra pela porta do café. É Jinez e Rose. Nos abraçamos, estou feliz em revê-los, por mais breve que tenha sido nosso afastamento.

— Mudança de planos. Vou com vocês a Hontanas — digo entre riso e preocupação.

Conto a eles sobre a situação do albergue municipal e Rose fala sobre o problema de *chinches* em alguns refúgios. No segundo dia de Caminho, Rose foi picada por insetos em um albergue privado. Trataram as picadas com medicamentos e tiveram que lavar todos os itens que carregavam, de mochilas a roupas. O albergue foi alertado e fechado para desinfetar.

Descubro que as infestações de percevejos são mais comuns do que imaginava. É preciso tomar cuidado ao deixar a mochila no chão, principalmente nas trilhas e matos. É nesse momento que os insetos se aproveitam e se acomodam nas bagagens. Quando os peregrinos chegam aos albergues com suas mochilas infestadas, os *chinches* se espalham pelo local. As picadas coçam, inflamam e, no caso de pessoas alérgicas, isso pode pôr fim à caminhada.

— Criei meu próprio protocolo para quando chego aos albergues. Verifico todo o quarto, as quinas das paredes, do chão ao teto. Depois, vasculho as camas, lençóis, travesseiros... tudo. Só depois guardo minhas coisas — comenta Jinez.

— Uma rotina meio chata, não? — pergunto.

— Chata, mas melhor que interromper o Caminho por conta de insetos tão pequenos — conclui Jinez.

Concordo e decido seguir o protocolo quando chegar aos albergues. Nós três estamos sentados no banco de madeira dentro do café. Jinez e Rose estão visivelmente cansados. Mais cansados do que eu. Continuamos nossa conversa, e Jinez me conta que vão fazer uma pausa mais longa antes de partir para Hontanas.

— Não temos pressa. Estamos ficando em albergues privados ou em hotéis. Rose está com algumas dores, então demoramos mais para chegar que os outros peregrinos.

— Esses albergues aceitam que a gente faça a reserva antecipada, então não precisamos nos preocupar em chegar cedo para reservar nossas camas. Podemos caminhar devagar — explica Rose.

Preocupo-me com a hora. Já passa das onze da manhã e ainda me faltam dez quilômetros para Hontanas. Mais duas horas e meia ou três de peregrinação para chegar, debaixo de sol e rodeado pela meseta. Jinez me incentiva a seguir sem eles, já que tenho pressa para garantir uma cama no albergue. A parada em Hornillos me ajuda a acalmar as pernas. Levanto-me, alongo meu corpo e decido seguir. Imediatamente me lembro de Rodrigo. Seria bom reencontrá-lo, saber como está. Será que está mesmo em Hontanas?

Despeço-me do casal com outro abraço e saio atrás das setas amarelas. A temperatura muda bastante. Em cinco minutos, estou nas mesetas, rodeado por calor. Agora ele é tão intenso, que dá para vê-lo no contorno das pedras, que fervilham. O chão quente aquece o solado do meu calçado, atravessa a borracha e alcança minhas meias e pés. Tenho medo de bolhas. O suor escorre pelo meu corpo. Tenho pequenos rios que se encontram no queixo e nas costas. Pego minha água e me hidrato.

Sinto cada passo aqui. Tento, mas não consigo deixar de contá-los. O pensamento é regressivo: quantos passos me faltam para Hontanas? Caminho um pouco mais e volto a pensar na distância que falta para chegar. Quase alucino quando olho ao redor. Não há nada para ver além da sequidão. A vegetação é rasteira. Para qualquer lado, essa terra desértica é um clichê de si mesma. Preciso me distrair enquanto caminho. Mudo meu pensamento, penso em Rodrigo. Imagino sua vida. Tudo que sei é que está triste e com raiva. Como será Rodrigo quando está feliz? Será que é engraçado? O que ele faz? É engenheiro? Psicólogo? Professor? Será que tem filhos? Ele ainda é um mistério, tanto quanto Sol. Imagino uma moça bonita como a brisa que passa por mim nesse exato momento e se vai. Sozinho, dou uma risada. Rodrigo deve ter se apaixonado por isso, pela leveza de Sol. Por isso não pode agarrá-la. Ela é Sol e brisa. No que se parecem? Volto a pensar no calor. Olho o relógio e me apavoro. A hora não passa. Estou preso no tempo. E no sol escaldante da meseta.

Quando estou só, me aturo. Conheço-me melhor e aprendo a me suportar. É como se eu tentasse chegar às minhas próprias fronteiras, minhas margens. E ao alcançá-las, as empurrasse para mais distante, num esforço de expandi-las.

Imagino que, para nos conhecermos, precisamos ficar de frente para essa pessoa que ainda não compreendemos tão bem: nós mesmos. Por isso, devo ouvi-la ao máximo. E ao escutá-la, tenho que, primeiro, respeitar as diferenças entre mim e ela. Eu sou o hoje. Ela é o que eu já fui e ainda serei. Nela residem esses extremos, os limites. Ela é a minha fronteira atual. Quando estou só, empurro um pouco mais essa fronteira para que o meu eu de hoje se amplie também. Um encontro assim, consigo mesmo, só se faz sozinho.

Passa do meio-dia nas mesetas. Só o barulho dos meus passos me acompanha. Além do calor. Adiante, uma placa da qual ainda não consigo enxergar os dizeres me enche de esperança. Aproximo-me como quem enxerga um oásis a distância, sedento por uma informação refrescante. A uma distância de dois metros leio que estou a dois quilômetros do albergue de San Bol. Isso indica que estou a, aproximadamente, sete quilômetros de Hontanas. A quase duas horas do meu destino final. Desespero-me. Estou cansado e com dores, que começam a me incomodar bastante.

Minha perna direita sofre com uma dor mais aguda. É como se uma faca, devagar, cortasse a lateral dessa perna. Sinto como se o músculo rasgasse aos poucos. Paro, encosto a mochila no chão e massageio a região. Tento sentir onde está a dor e descubro que está por toda a extensão do meu membro inferior. Começa pela área do glúteo, passa pela lateral externa do joelho e termina no tornozelo. Estico-me um pouco, respiro fundo, limpo o suor que escorre da minha testa e, antes de pegar a mochila, vejo meus bastões de caminhada pendurados na bolsa. Bingo!

Tento me acostumar com os bastões, mas é difícil caminhar com eles. O ritmo dos braços e das pernas deve ser o mesmo para que a caminhada flua. O bastão escorrega e cai das minhas mãos algumas vezes. Noutras, esbarro a perna no suporte, quase caio. Esfolo a canela uma vez. Tento transferir um pouco do peso da caminhada para os braços e aliviar a perna machucada. Demoro a me entender com os bastões.

O esforço para usar mais os braços me ajuda a passar o tempo na trilha. Por um momento, o calor e a dor ficam em segundo plano. Caminho com um pouco mais de alívio nas pernas. Olho no relógio, marca uma hora da tarde. Agora não devo estar longe. Quando penso, avisto uma placa em um cruzamento de trilhas. Descubro que cheguei a San Bol. O albergue fica numa estrada à direita, a setecentos metros. Sigo em linha reta para Hontanas. Meu ritmo está péssimo. Foram dois quilômetros em quase uma hora no Caminho. A dificuldade com os bastões me fez perder muito tempo. Preocupo-me ainda mais, pois pareço não sair do lugar. Meu cansaço é extremo. Minha força agora vem do desespero.

Começo a usar os bastões como muletas. Quase salto quando me apoio neles. É uma tentativa de poupar as pernas enquanto acelero meu ritmo. A dor incomoda, mas agora só penso em chegar. Tenho muitos medos e eles deixam minha caminhada ainda mais pesada. Sinto medo de não encontrar uma cama, de não conseguir chegar a Hontanas, de desistir aqui, no meio do nada e ficar à espera de ajuda, que pode não vir. Nessa estrada de chão esburacada e estreita não passam carros nem outros veículos a motor. Somente peregrinos que caminham com suas dores e cansaços.

A temperatura às duas da tarde é brutal. Não me lembro de ter experimentado tanto calor na minha vida. Agora é a minha pele que fervilha. O protetor solar já não faz mais efeito e o corpo todo está afogado em suor. Limpo os olhos, como um motorista de carro em meio a uma tempestade limpa o para-brisa. Sigo em linha reta nessa aridez sem fim. Quando lembro que ainda estou no meu primeiro dia de peregrino, pergunto-me: *O que estou fazendo com a minha vida?* A cabeça entra em modo aleatório. Perco o controle dos pensamentos. Calor, dor, medo, saudade, preocupação, Rodrigo, Sol... Penso em tudo ao mesmo tempo, enquanto o corpo gasta a energia que me resta para me manter em pé. A reta termina sobre um pequeno morro, que me dá esperança de avistar uma cidade, mas nada aparece à minha frente. Outra reta interminável que tenho que encarar com a cabeça em parafuso. Mais reta, mais um cruzamento entre estradas de chão. Em qualquer direção, não há nada além de mais retas e poeira. Sigo a seta desenhada em uma pedra. Não consigo enxergar mais o horizonte. Começo a suar com os olhos. Choro.

🜸

Há pouca esperança em chegar. Caminho até que o meu corpo desista. Penso que estou acelerado, mas já não tenho mais noção de ritmo, nem de distância. Olho o relógio e são quase três da tarde. Olho para o céu e não vejo nada além da luz branca do sol. Subo outro pequeno morro, cravando bastão por bastão no chão, como se escalasse uma montanha de neve. Chego ao topo sem esperança. Alucino outra vez. Vejo uma pequena cidade à minha frente. Fecho os olhos, enxugo o suor e volto a abri-los. A cidade ainda está lá e é Hontanas, a menos de cem metros de mim, guardada entre silhuetas enormes de montanhas.

Estou a poucos passos de desmoronar. As pernas ardem de cansaço e dor. Caminhar agora é uma tortura. Na descida para a cidade, os passos são muito lentos. Primeiro os bastões, depois as pernas. Tento usar somente a força dos braços. Qualquer movimento dos quadris para baixo é dor. Começo a descer e a baixada é pior para as pernas. Enquanto desço, vejo movimentos na rua que corta a pequena cidade. Não consigo esboçar no rosto a felicidade que sinto por dentro. Demoro uma eternidade para caminhar menos de cem metros.

A primeira casa da cidade é um albergue, com um grande jardim na entrada. Miro um tapete de grama, entro e me jogo no chão. Começo a chorar e me lembro imediatamente de Rodrigo. Sou uma imitação desfalecida do seu choro da noite passada. Deságuo. Meu corpo jorra dor. As pernas latejam. Tremo e sinto pequenos espasmos nos músculos. De repente, sinto um relaxamento em todo o meu corpo, começo a flutuar sobre mim mesmo. Apago.

Abro os olhos devagar. Escuto uma voz doce, em espanhol. Quando consigo enxergar, vejo um sorriso, uma mulher fala baixo comigo. Volto à realidade aos poucos e me recordo da chegada naquele lugar. Ela me pergunta se estou bem, digo que sim, mas não estou. Meu corpo também acorda devagar, uma dor de cada vez. Gentilmente ela se apresenta, é a dona do albergue onde estou. Questiona-me se quero entrar... penso bastante antes de responder e, mais uma vez, me lembro de Rodrigo. Pergunto por ele:

— Tem algum Rodrigo hospedado por aqui?
— Vou verificar. Espere aqui.

Enquanto ela entra no albergue, recomponho-me. A mochila está ao meu lado, como a joguei. Os bastões estão do outro lado. Olho no relógio, são três e meia da tarde. Os minutos passaram tão devagar quanto meus últimos passos até aqui. O corpo reclama de fome quando a moça volta para me dizer que não, nenhum Rodrigo está hospedado no albergue. Entrega-me um copo com água gelada. Pergunto sobre outros albergues na cidade e ela confirma que sim, há mais dois: um privado e um municipal. Oferece-me ajuda, digo que não preciso. Quando vou me levantar, sinto uma dor insustentável na perna direita. Recuo.

— Eu te ajudo. Venha! — diz estendendo as mãos para mim.

Levanto-me devagar, tento usar somente a perna esquerda, enquanto a hospitaleira pega meus bastões com uma das mãos e minha mochila com a outra. Joga uma alça da mochila em suas costas e a carrega.

— Eu levo para você. Vamos, devagar!

Seu afeto me sensibiliza. Acompanha-me pela saída do albergue enquanto conversamos. Diz que vai me levar ao próximo albergue, bem perto dali.

— É muito provável que encontre seu amigo por lá — afirma.

Caminhamos devagar pela rua. Os albergues ficam no fim da baixada. Pergunto seu nome, ela se chama Miriam. Apresento-me entre uma careta e um sorriso. É impossível disfarçar meu sofrimento. Miriam me conta sobre o albergue privado, que é de um casal argentino muito simpático. Chegamos à porta em menos de um minuto. Ela coloca minha mochila sobre um banco, do lado de fora do refúgio, e aponta para o outro lado da rua.

— O Albergue Municipal é esse logo em frente. Caso não encontre seu amigo aqui, procure-o por lá.

— Obrigado! E desculpa ter amassado sua grama — agradeço dando-lhe um abraço.

Pego a mochila com a mão esquerda, os bastões com a direita e atravesso uma cortina de fios de madeira pendurados na pequena porta do albergue privado. O barulho da minha entrada soa como um sino. Estou no café do albergue. Um rapaz alto e cabeludo me vê entrar e se aproxima.

— Você é o argentino? — pergunto.
— Prazer, Hernandez. Bem-vindo a Hontanas.
— Obrigado!
Hernandez parece mesmo feliz em me ver. Gosto da leveza no seu rosto. Pergunto por cama, diz que há muitas disponíveis. Pega a mochila das minhas costas e a coloca sobre o piso, ao lado do balcão. Indica-me um lugar no canto do café para deixar os bastões e me convida a outra mesa para fazer o registro no albergue. Quando penso em perguntar por Rodrigo, um grito alto e familiar vem do fundo do refúgio.
— Luca!
Olho rápido para o lado e o avisto. Quase irreconhecível. Vejo outro rosto, com um sorriso que ainda não havia me apresentado. Ele caminha rápido em minha direção, seus braços já estão abertos e, da mesma forma, num movimento quase ensaiado, viro todo o meu corpo de frente para ele e nos abraçamos. Nosso abraço é forte e esperançoso. É, definitivamente, um abraço de quem encontrou o que procurava.

Se te aproximas de uma pessoa pelo sorriso,

conheces teu lado mais bonito.

Se te aproximas pela dor,

conheces teu lado mais humano.

O corpo

Nosso abraço, que parece uma eternidade, não dura mais de um minuto. Conversamos sobre a jornada de hoje, conto sobre como foi dura para mim. Rodrigo, mais acostumado com o Caminho, está bem. Falo das dores, Hernandez ouve a conversa e ambos me dão dicas para cuidar do corpo.

Subo para o quarto, acompanhado de Hernandez. Rodrigo está na área de convivência do albergue à minha espera. O argentino me apresenta à minha cama, num quarto de madeira tão novo e bonito, que já me sinto recompensado pelo esforço. Hernandez carrega minha mochila e a coloca ao lado do beliche. Devido às minhas dores e cansaço, me oferece a cama de baixo.

Agradeço, abro a mochila, pego meu saco de dormir e estendo sobre ela. É assim que garantimos nosso lugar nos albergues, com os sacos de dormir esticados sobre as camas. Sento-me no chão para não sujar o beliche.

— Luca, tome um banho. Ele vai ajudar a relaxar os seus músculos. Quando terminar, desça que vou preparar uma pasta pra você. Depois, durma um pouco. À noite estará melhor — diz Hernandez com todo o cuidado que um bom hospitaleiro do Caminho tem.

Ele se despede, enquanto busco minhas roupas limpas na mochila. Pego minha bolsa com meus itens de higiene, uma toalha e vou ao banho. Não tenho mais pressa, faço tudo devagar, observo os detalhes do albergue.

O albergue do argentino é muito bem cuidado e demoro a acreditar que estou aqui. Não era esse tipo de albergue que tinha em mente antes de chegar ao Caminho. Penso no tanto que inventamos o mundo quando não o conhecemos. E que cada pedaço deste planeta é uma invenção de alguém. Esse albergue é uma invenção do argentino. Sua vida inventada está aqui, em cada barulho que a madeira faz enquanto caminho. É tudo invencionice de Hernandez.

Enquanto me banho, penso sobre a história do Rodrigo. *Será que ele reencontrou Sol?* Tenho vontade de descer correndo as escadas para perguntar isso a ele. Também penso sobre afinidades e amizade. Rio sozinho ao me lembrar do nosso abraço. Como podem duas pessoas que mal se conhecem se abraçarem com tanto carinho? Parece que a dor aproxima as pessoas de um jeito mais rápido e verdadeiro. Rodrigo estava feliz, parecia ver Sol quando me viu no albergue. Tinha esse olhar de reencontro.

— Sente-se, que já trago sua pasta — diz Hernandez assim que desço as escadas.

Rodrigo está em uma mesa no fundo da área de convivência. Uma área externa tão bonita que é impossível imaginar que ela exista antes de entrar por aquela portinha simples do refúgio. Com passos lentos, observo toda a área enquanto me aproximo de Rodrigo. À direita, uma mesa maior de madeira está ocupada por duas garotas e um rapaz. A mesa fica numa sombra feita pelo piso superior do albergue. Há vagas para mais pessoas. Os três são muito jovens, rostos vermelhos, tomam algo que suponho ser um vinho branco. Conversam bastante. Meus passos estão arrastados. Sinto-me um trapo com meu novo jeito de caminhar. À minha esquerda, mais três mesas pequenas estão espalhadas pelo pátio. Há mais sombra que sol nessa área, proporcionada por pequenos coqueiros espalhados pelo local. Sinto também outro frescor, que vem da pequena fonte de água, no fundo do quintal. Nela, dois homens estão sentados onde a água da fonte derrama, numa espécie de miniofurô. Eles descansam seus pés e conversam. Tenho sede de me refrescar junto a eles, mas continuo meu caminho em direção a Rodrigo, que me espera com um sorriso largo. Quando chego, ele se levanta, afasta a cadeira para eu me sentar, agradeço e me sento. *Que Rodrigo você é agora?*

— Parabéns! Você já tem o andar de um peregrino — brinca antes de nos sentarmos.

Tenho dificuldade até para sentar. Descubro também dores nas costas quando as encosto na cadeira. Mas sinto um alívio de não precisar mais caminhar sob o sol, pelo menos por hoje. Ajeito-me na cadeira e Hernandez já se aproxima com um prato.

— *Ensalada* de pasta fresca vai ajudar na sua recuperação. Depois suba para descansar. Mais tarde, faremos uma ceia comunitária e vocês vão poder conversar bastante, conhecer peregrinos... Bom apetite!

Minha fome é tamanha que mal espero Hernandez me servir para começar a comer. Todo o meu corpo mastiga a comida junto com a boca, como se precisasse de cada pedaço que mordo. Comer nunca foi tão vital para mim.

Rodrigo espera algumas garfadas para me perguntar sobre a mudança de planos:

— Você não ia para Hornillos? — pergunta em um tom suspeito, como se sugerisse que eu tivesse mudado de planos por ele.

— Você não soube da infestação? Quando cheguei a Hornillos del Camino, um rapaz no café me disse que o albergue municipal estava fechado por conta dos *chinches*.

— Outro! — exclama espantado.

Continuamos a conversa, Rodrigo também me conta que ouviu boatos de outros albergues infestados.

— E o seu dia, sua jornada, como foi? — pergunta-me.

— Eu não imaginava que seria tão dura. De Hornillos para cá parecia um percurso infinito. Eu só lembrei que carregava bastões na mochila chegando a Hontanas.

— É muito provável que hoje tenha sido o dia mais quente do verão europeu. E esse trecho já é um dos mais duros, então não se preocupe. Os próximos dias serão mais fáceis — Rodrigo fala num tom esperançoso para mim.

Não sei o que me ajuda mais, as palavras do Rodrigo ou a macarronada de Hernandez. Sinto-me melhor quando termino de comer, e também tenho uma vontade enorme de me deitar. Rodrigo percebe e, antes que lhe pergunte de Sol, se levanta.

— Preciso ir à cidade. Vá descansar um pouco. Nos vemos à noite na ceia — ele diz, já com os passos direcionados para a porta.

O mesmo Rodrigo frio e seco de antes se despede de mim. Provavelmente, vai à cidade à procura de Sol.

Hernandez recolhe meu prato e me ajuda a levantar. Ando devagar pelo pátio, rumo ao meu quarto. Dou cada passo tentando poupar a perna contrária. Demoro a atravessar toda a área. Alguns peregrinos trocam olhares de compaixão comigo. Chego à porta que dá para o interior do albergue e, antes de começar a subir as escadas, Jinez e Rose entram no albergue respingando suor. É tão forte a felicidade que sinto ao vê-los, que o corpo parece se renovar enquanto me apresso para abraçá-los. No abraço silencioso, sinto uma troca de felicidade intensa. Estamos tão emocionados que nos esquecemos de perguntar como estamos. Mas no fim das contas, estamos juntos e isso é o que importa. Derrubam suas mochilas no chão e se sentam. Tomam água, retiram os calçados e só depois trocamos palavras.

— Eu nunca senti tanto calor na minha vida! — exclama Rose.

— Soube que é um dos dias mais quentes do verão — replico a informação que Rodrigo havia me passado.

— E você? Chegou bem? — pergunta Jinez.

— Cheguei arrastado, literalmente. Desmaiei no gramado do primeiro albergue, fui acordado pela hospitaleira que me ajudou a chegar até aqui. Mas fui muito bem recebido por Hernandez, que vocês vão conhecer em breve, tomei um banho e acabei de comer uma pasta com salada deliciosa. Estou pronto para dormir — brinco. — Rodrigo, aquele meu amigo que comentei mais cedo, está aqui.

— Que ótimo! Está vendo? O Caminho é duro, mas encontra formas de nos recompensar — completa Jinez. Em seguida, Hernandez chega para recebê-los.

Proseamos mais um pouco, ao mesmo tempo que Hernandez faz seus registros. Combinamos de nos encontrar mais tarde no jantar. Nos despedimos com outro abraço forte.

Subo para o quarto e deito em minha cama como quem pula em um abismo.

🕮

Ainda com os olhos cerrados, tateio em busca de meu celular no chão, ao lado da mochila. Pego-o com a mão esquerda, enquanto a direita está adormecida debaixo do meu corpo. Olho para a tela do aparelho, vejo as horas e me assusto: são seis e meia da noite. Ainda está claro lá fora, vejo a luz que entra pela janela. Sento-me rápido e observo as camas ao redor. Estão todas vazias. Ajeito-me e desço.

O cheiro de comida está por todo o albergue.

— O jantar está quase pronto — diz Hernandez quando cruza por mim ao vir do quintal.

Saio para o pátio e me deparo com mesas cheias de peregrinos. Bebem vinho, cerveja e água. E conversam bastante. Num olhar rápido pela área, reconheço alguns rostos. Numa mesa ao fundo, estão Rose, Jinez e Rodrigo, juntos. Não consigo segurar o riso ao ver os três conversando. Parecem amigos de longa data. Rodrigo aparenta estar bem. Será que teve alguma notícia de Sol?

Vou com calma até a mesa. As pernas doem como se tivessem levado pauladas. Mas o cansaço ficou na cama. Sinto-me disposto, depois de mais de duas horas de sono.

Rodrigo é o primeiro a me ver, e me observa com um olhar divertido:

— Enfim, acordou! Como está, meu amigo?

— Melhor agora! — retribuo o sorriso e aproveito para apresentar meus amigos. — Jinez, Rose... esse é o Rodrigo, o amigo de que falei mais cedo.

Junto-me a eles. O fim do dia está mais agradável. Continua quente, mas a temperatura começa a baixar com a chegada da noite. Rodrigo bebe cerveja. Jinez e Rose, vinho tinto. Peço um copo de cerveja para acompanhar Rodrigo e entro na conversa. Falam do Caminho. Rodrigo conta sobre os primeiros dias de caminhada, a subida de Saint Jean Pied de Port, na França, de onde começou. Fala da beleza e também da dificuldade de subir mais de mil metros de altura em uma manhã, mas também diz que foi um dos cenários mais bonitos da rota. Hernandez interrompe a conversa para nos agradar com comida e cerveja. A prosa cessa imediatamente, assim que a comida começa a ser servida. Entrada, prato principal e sobremesa. Um jantar com muitos sabores e pouca conversa. Entendo por que a hora de comer é a hora mais aguardada do Caminho. Não é a boca que come, são as dores, o cansaço e a saudade que devoram cada garfada do prato. Olho pro lado e estão todos focados na comida. A quantidade de alimento é enorme, mas não sobra.

O jantar termina e ficamos por um tempo em silêncio. O único barulho é o gemido que cada um emite de satisfação. Bebemos um pouco mais enquanto fazemos a digestão. Rodrigo diminui o sorriso. Fico com a impressão de que estava mais feliz antes de eu chegar. Levanta-se para ir ao banheiro e, enquanto está fora, Jinez e Rose comentam sobre a simpatia do meu amigo.

— É um jovem muito simpático. Parece estar feliz com o Caminho — fala Rose.

— Ele me ajudou bastante na saída de Burgos. É bom reencontrá-lo aqui — falo tentando esconder minhas dúvidas sobre Rodrigo.

Quero saber sobre o que conversaram, se Rodrigo contou sua história, mas não tenho coragem de lhes perguntar. *Será que Rodrigo não se abriu com mais ninguém além de mim?*, eu me pergunto. Suspeito que não.

Quando volta para a mesa, Rodrigo está triste de novo. Termina de beber sua cerveja, olha para o nada como se procurasse Sol no céu já escuro. Jinez e Rose conversam baixo entre si. Escuto as conversas vizinhas, os risos... Sinto de novo uma inveja do clima nas outras mesas. *Por que tenho que viver a tristeza de Rodrigo, ao invés de compartilhar alegria com outros peregrinos?*, penso rápido e logo uma voz dentro de mim me responde: *Porque eu também seria infeliz se deixasse Rodrigo sozinho.*

O casal é o primeiro a se levantar e a se despedir. São quase nove da noite. Eles vão para o quarto preparar suas mochilas para o dia seguinte. Quando saem, penso em falar com Rodrigo, saber como está, se tem notícias de Sol, mas rapidamente ele se levanta:

— Luca. Se amanhã você acordar antes de mim, você me chama?

— Claro. Que horas pensa em sair?

— Que tal às seis?

— Combinado. Saímos juntos?

— Sim. Pode ser. Então, até amanhã!

— Até! Boa noite, Rodrigo.

Rodrigo carrega a tristeza para a cama e eu a esperança de amanhã saber um pouco mais sobre Sol. Agora sou eu que me sinto perdido em sua história. Essas mudanças repentinas de humor não me ajudam a entender o que ele está vivendo aqui.

Levanto-me depois de beber o meu último gole de cerveja. Peregrinos caminham na mesma direção, rumo aos quartos. Subimos as escadas em um só ritmo, poupando as pernas. Trocamos palavras carinhosas antes de encontrar nossas camas. Vou ao banheiro, escovo os dentes e me preparo para dormir. Volto ao quarto com as luzes já apagadas. Divido o espaço com mais sete companheiros. Rodrigo, Jinez e Rose estão no quarto ao lado. Alguns já estão deitados, mexendo em seus celulares, provavelmente mandando notícias às suas famílias. Lembro-me da minha. Organizo a mochila antes de me deitar, pego meu celular, envio mensagem à família, procuro uma tomada para recarregá-lo, com os olhos tropeçados em sono. Está quente, deito-me sobre o saco de dormir. As dores nas pernas ainda incomodam. Em cada dor, conheço um pouco mais do meu corpo. Penso outra vez em Rodrigo, até que meus olhos se fecham e adormeço.

Ame mais de uma vez ao dia.
Ame como se o amor fosse um remédio
para uma doença crônica.
Ame como se você sentisse
uma insuportável dor.
E se preciso for, amor, amor, amor
e amor.

Dolores

Acordo assustado, tem algo nas minhas pernas. Abro os olhos e me sento rápido sobre a cama. Rodrigo me olha com um sorriso e diz algo que eu entendo como "calma, sou eu". Aponta para o relógio no braço: "é hora de levantar". Meu celular está do meu lado, como o deixei na noite anterior. Olho para a tela, são cinco e vinte da manhã. Pego o celular e desprogramo o alarme, agendado para as cinco e meia. Rodrigo já não está mais no quarto quando enxergo melhor o ambiente. Alguns peregrinos se mexem enquanto levanto. Uma cama já está vazia. Não somos os primeiros a desbravar a madrugada. Levanto-me para ir ao banheiro, o corpo reclama. As dores continuam a ocupar minhas pernas. Caminho devagar para fora do quarto, Rodrigo está no corredor, quase pronto. Organiza os itens na mochila, fala baixo:

— Bom dia! O albergue ainda está fechado, só abre às seis. Não tenha pressa — diz enquanto entro no banheiro.

— Está bem, não demoro.

Escovo os dentes, lavo o rosto, volto ao quarto e retiro todos os meus pertences de lá. Pouco a pouco, os peregrinos acordam e começam a mesma rotina de organizar a mochila e partir. É uma cena bonita de ver. Os mais recentes no Caminho ainda arrumam seus itens dentro do quarto. Os mais experientes levam suas coisas para fora para não incomodar quem ainda dorme. Funciona como um exemplo para os mais novos, que, em seguida, começam a carregar suas mochilas para fora. Logo o corredor está cheio. Termino de arrumar meus pertences, desço as escadas e me junto a Rodrigo.

Os tênis estão todos no piso de baixo, enfileirados em uma pequena estante de madeira. São muitos, botas e tênis de canos baixos e longos. Todos carregam a poeira das mesetas. Pego o meu e me sento em uma das cadeiras da recepção. Rodrigo já está pronto, faz alongamentos enquanto me arrumo. Termino de me calçar e avanço para os alongamentos. Não consigo me esticar tão bem. Meus músculos estão duros.

— Ainda sente muitas dores, Luca?

— Um pouco, principalmente na perna direita. Acho que exagerei para o primeiro dia, não? — rio, mas na verdade eu quero é chorar.

— Talvez sim. Mas não se esqueça de que você começou pelo trecho mais duro. No começo, o corpo reclama, mas logo vai se sentir melhor.

Enquanto conversamos, Hernandez atravessa a recepção, desvia de peregrinos, até chegar à porta de entrada do albergue e, sem passar nenhuma chave na velha porta de madeira, solta duas travas, uma em cima, outra embaixo, e nos libera. Olhamos um para o outro e Hernandez, com graça, se manifesta:

— Vocês, passarinhos, estão sempre livres aqui no Caminho. *Buen camino!*

Saímos ao lado de outros peregrinos. De fora, termino de ajustar a mochila nas costas. Rodrigo me ajuda, aperta com força minhas alças e comenta:

— Esses ajustes ajudam a distribuir melhor o peso da mochila. Isso alivia suas costas e pernas, pois coloca a carga no quadril, não nas costas.

— Parece mais leve agora. Obrigado! — digo impressionado com a sensação de alívio.

Ainda está escuro quando damos o primeiro passo. Um galo canta ao fundo e alguns cachorros latem em seguida. É um povoado muito pequeno e simples. Não há sinal de moradores pela rua. Um cachorro nos segue por alguns metros.

Caminhamos por poucos minutos pela rua principal. Logo estamos pisando em terra e cascalho. As últimas luzes da cidade ajudam a encontrar a trilha que devemos seguir. Agora, a única luz que temos são das nossas lanternas. A lua está grandiosa e seu brilho dá um tom acinzentado à paisagem. Rodrigo aponta sua lanterna para a trilha. À nossa frente, peregrinos caminham mais rápido, logo somem, viram pequenos vaga-lumes na mata baixa e seca. Estou sem blusa de frio no corpo. Faz calor e ainda não são nem seis horas da manhã. Sinto que vai ser mais um dia quente na meseta. Entre o barulho dos nossos calçados, que empurram a terra de volta ao solo, tomo coragem para conversar com Rodrigo:

— E como você está?

— Como estou? Estou só...

— Estamos? — pergunto lembrando-o de que estou aqui.

— Não tive nenhuma notícia de Sol, se é isso que quer saber. Então, estou só.

Você não está só. Você também tem sua raiva e sua tristeza, penso. Não conheço Rodrigo, mas sinto que é só isso que habita seu corpo agora. Resolvo não insistir na conversa, mas sou interrompido em meu silêncio:

— Por que veio fazer o Caminho? — Rodrigo parece me provocar.

— Não sei se tenho um motivo...

— Todo mundo tem um motivo. Talvez prefira não me contar, mas você tem um motivo.

Sua voz é tão firme que me assusta. Sinto um incômodo.

— Há um tempo que ouço falar do Caminho. Esse ano eu queria fazer uma viagem sozinho. O Caminho surgiu assim, dessa vontade de viajar só. E estou aqui.

— Do que você foge?

— Eu não fujo! — Tento responder com mais firmeza, mas respiro fundo enquanto penso em como terminar essa conversa. — Talvez eu tenha vindo para te ajudar...

— Parece que não sou eu que precisa de ajuda. Veja como você anda...

Rodrigo me olha de cima a baixo. Cada vez que encosto minha perna direita no chão, sinto dor. Por isso, poupo um lado, apoiando-me com o outro. A dor começa no quadril e se espalha pela perna através de pequenos espasmos. Rodrigo percebe meu sofrimento, como qualquer outro peregrino perceberia.

— Por que você não usa seus bastões? — pergunta-me.

Paro de caminhar, penso rápido e logo me toco da besteira que fiz.

— Esqueci no albergue — respondo imóvel.

Meus bastões ficaram no porta-bastões, no canto da sala da recepção, junto aos demais. Não consigo acreditar. Rodrigo também para e me observa com pesar. Fico parado por um tempo, penso no que fazer. Estamos a uma hora de Hontanas. Ainda está escuro, mas voltar me custaria um acréscimo de, pelo menos, duas horas de caminhada. E mais dores. Decido seguir sem eles.

— Compro outros na próxima cidade.

Voltamos ao Caminho. O assunto se encerra. O foco agora é outro: acertar minha passada para poupar minhas pernas e não piorar minhas dores. Rodrigo se preocupa e, constantemente, olha para mim. Decido caminhar ainda mais devagar. Sinto Rodrigo viver o dilema entre me ajudar e procurar por Sol.

— Rodrigo, você pode seguir. Sei que você precisa. Vou desacelerar um pouco mais. Também quero parar pra me alongar. Na próxima cidade, providencio novos bastões e ficará tudo bem.

— A próxima cidade fica a uns cinco quilômetros daqui, é Castrojeriz. Talvez você tenha que esperar um pouco até que as lojas abram. Costumam abrir às nove.

Rodrigo me olha por alguns segundos antes de se virar para o Caminho e seguir. Já mais distante, grita:

— Você tem lanterna?

— Sim!

— Ótimo! Vá a Boadilla del Camino.

— O que tem lá?

— Nada! Não há nada nessa terra além de nós! — grita já distante.

O relógio marca sete horas quando Rodrigo se vai. Olho para trás e vejo os primeiros sinais de sol no horizonte, ele emite uma luz que eu não consigo definir, entre o laranja e o rosa, mas mais suave que o próprio céu. Percebo, pela primeira vez no dia, a paisagem ao redor.

Meus passos são lentos. Caminhar devagar me ajuda a aliviar as tensões nas pernas. Contemplar a natureza também é uma forma de me distrair das dores. Puxo o ar com calma, sinto o cheiro do campo, do pasto, dos animais. Escuto outros barulhos, ouço ruídos no mato, plantas se mexem com o vento e com os pequenos seres. A natureza rouba minhas dores enquanto a desfruto, numa troca injusta, em que não dou nada além das minhas dores, pelas belezas que recebo.

    Quando o dia já está quase todo no céu, ouço pisadas atrás de mim. Olho e avisto um casal que se aproxima com passos bem mais rápidos e largos. Não os conheço. Muito brancos e altos, parecem alemães. Passam por mim, eu aceno com o rosto, recebo um aceno de volta e seguem. A mulher gesticula algo, enquanto conversa com seu companheiro. Não entendo uma palavra do que falam, por isso tenho mais certeza de que são alemães. Caminho por pouco tempo atrás deles, até que se afastam. Meus passos menores não cabem na velocidade dos dois. Sinto inveja da disposição que eles têm. E da tranquilidade que demonstram ao caminhar. Volto a pensar em Rodrigo. Mal nos distanciamos e já quero reencontrá-lo. Enquanto não o vir melhor, sinto que também não ficarei tranquilo.

Quando o dia surge, o Caminho muda bastante. Chego a uma estrada de asfalto bonita, bem cuidada. Caminho por uma reta quase sem fim, até uma curva em "S". Chego a uma espécie de portal, uma construção antiga, um monastério ou uma antiga catedral abandonada. Uma placa informa que são as Ruínas do Convento de San Antón, do século XV. Paro para descansar. Aproveito para fotografar e tomar água. Alguns peregrinos estão sentados, escorados no muro do Convento. O casal de alemães que me ultrapassou há pouco é um deles. Nos cumprimentamos, dessa vez com mais atenção. Caminho devagar, enquanto contemplo as ruínas. Sou interrompido por uma voz doce, em inglês:

— Você caminha como um zumbi. O que tem na perna?

Viro-me, é a mulher alemã que faz a pergunta. Ela se levanta enquanto se aproxima de mim, com interesse em saber onde dói. Paro e conversamos um pouco.

— São dores normais de peregrino de primeira viagem — ela diz. — É a minha segunda vez no Caminho e ainda sinto um pouco dessas dores, mas se você se cuidar, logo elas passam.

— Tomara que sim — respondo com esperança.

Nos apresentamos, eles se chamam Eva e Maik. Se conheceram aqui, há cinco anos, quando caminhavam a Santiago pela primeira vez. Ficaram muito amigos e resolveram voltar para completar juntos a jornada. Ela me mostra alguns movimentos para alongar e relaxar a musculatura da perna. Repito algumas vezes, estico a perna e sinto muita dor.

— Não economize! Repita sempre que parar. Seus músculos estão tensos. Isso vai ajudar na circulação e na soltura dos movimentos — Eva explica enquanto me mostra como fazer.

Sinto dor, mas também certo alívio quando coloco a perna no chão. Parece que o que aprendi pode mesmo me ajudar. Agradeço o cuidado, conversamos mais um pouco, enquanto descansamos à sombra das ruínas. Nos despedimos com abraços. Volto ao Caminho pensando em como tenho sido surpreendido no percurso.

🐚

Fico aliviado quando avisto Castrojeriz à minha frente. A cidade está à direita da estrada, no pé de um morro bem alto. No topo, consigo enxergar uma ruína, uma espécie de castelo abandonado.

São nove horas da manhã e percebo que meu ritmo lento me atrasa em quase uma hora do previsto para chegar. A cidade está a dez quilômetros de Hontanas, um percurso normalmente feito em duas horas. Subo uma longa rua para alcançar a cidade.

Quando chego, caminho por uma viela estreita, espremida entre casas de um lado e um muro alto de uma igreja de outro. Observo o templo, seus detalhes, imagino o trabalho para levantar uma igreja desse tamanho. Enquanto vejo a obra, num pequeno deslize dos olhos, avisto uma placa de café à esquerda da rua, numa casa bonita, com quintal cheio de mesas. Mesmo com dores, caminho acelerado para o lugar. Estou faminto. Deixo a mochila na entrada, não vejo conhecidos, mal cumprimento os peregrinos de fora e entro em busca de comida. O lugar me abraça com seu cheiro de café e comida fresca. Uma pilastra grande de madeira, do piso ao teto, segura de pé a história do local. Circulo a pilastra, vou direto ao bar, peço café, rosca, torradas e banana. Sento-me enquanto aguardo o atendente me trazer o pedido. Um rapaz de pé, escorado na bancada, conversa com o funcionário, parece um habitante da cidade. Uma senhora que está na mesa em frente, de café tomado, mexe no celular.

Faço meu desjejum, saboreio cada pedaço da comida. O café está forte e suficientemente quente para me despertar. Como a rosca, as torradas e guardo a banana para mais tarde. Enquanto devolvo a bandeja ao bar, ouço a porta do café se abrir. Pago meu café no caixa e, antes de sair, pergunto ao atendente sobre lojas para comprar novos bastões. Ao mesmo tempo, uma mão se apoia em meu ombro e uma voz diz:

— Se quiser, eu posso te vender esses bastões aqui.

Viro-me e encontro Jinez ao lado de Rose. Fico um tempo parado até entender o que segura nas mãos. O espanto é interrompido por um abraço forte. Rose também me abraça. E a minha satisfação em revê-los é tão grande quanto a felicidade de ver meus bastões em suas mãos.

— Saímos tarde de Hontanas, e Hernandez, quando nos viu, disse que você havia esquecido os bastões no albergue.

Resolvemos trazê-los. Sabíamos que uma hora nos reencontraríamos. O Caminho é um lugar de encontros e reencontros.

Enquanto pego os bastões, penso no que Jinez acaba de dizer. Será mesmo que o Caminho é um lugar de encontros e reencontros? E Rodrigo e Sol? Por que continuam perdidos um do outro? Cada hora que passa sem ela, Rodrigo se perde mais.

Resolvo ficar mais um pouco com eles antes de voltar à estrada. Conversamos muito. Perguntam sobre minhas pernas:

— Não estão bem. Mas, se pensarmos, é por elas estarem assim que nos reencontramos. — Tento ser otimista com as dores.

— O Caminho é um lugar de coincidências, ou sortes, como preferirem chamar, que são maravilhosas. Basta estar um pouco aberto para percebê-las — comenta Rose.

É verdade que tenho tido muita sorte nos meus primeiros dias. Pergunto-me: *O que eu estaria vivendo agora se tivesse começado a jornada um dia antes ou depois?* Será que eu estaria vivendo alguma grande história? Filosofamos um pouco mais e Jinez questiona:

— Um Caminho sem uma grande história também não seria um grande Caminho?

— Sim — eu e Rose respondemos quase juntos.

Enquanto jogamos conversa fora, levanto-me e começo a repetir os movimentos que Eva me ensinou. Ergo uma perna dobrada até o peito, depois a retorno ao chão e repito com a outra. Suspendo novamente uma perna, agora a cruzo sobre o meu quadril, puxo-a até onde consigo. Repito com a outra. Por fim, levanto mais uma vez a perna sobre o quadril e agacho devagar com a outra perna. Sinto o músculo do glúteo esticar ao máximo. Dói, mas também sinto alívio quando volto ao normal. Gasto mais de meia hora de conversa com Jinez e Rose. É um momento de muita alegria. Eles me dão equilíbrio, salvam-me do pensamento triste que tenho mergulhado com Rodrigo.

Despeço-me de Jinez e Rose pela terceira ou quarta vez em dois dias. Ele tem uma voz que dá graça de ouvir, e sua risada me faz lembrar as risadas do meu avô. Saio pela porta do café com essa lembrança. Penso no meu avô, no que ele fez por mim e pelos outros netos. Em como tentou compensar com a gente o que não fez com os filhos. Quando nasci, ele já era um alcoólatra em recuperação. Minha mãe não se cansa de contar essa história, numa espécie de desabafo, mas às vezes também como um alerta sobre os excessos da bebida. Desse avô, eu só conheci o lado afetuoso e o sorriso. Pelo sorriso e afeto, Jinez poderia muito bem ser o meu avô.

Pego a mochila do lado de fora, ajusto-a bem ao meu corpo, como aprendi com Rodrigo, e recomeço a caminhada. Em frente ao café, do outro lado da rua, há uma placa com o nome da igreja: Nuestra Señora del Manzano. Faço uma foto da placa com a igreja ao fundo e sigo as setas pela cidade.

Meu ritmo ainda é lento, mas os bastões me dão mais segurança para caminhar. Os passos estão firmes de novo. São nove e meia da manhã, o sol ainda acorda e a cidade o acompanha, devagar. Poucos habitantes se arriscam a sair de casa, e quando saem, arrastam suas idades avançadas pelas ruas. A população nesses povoados tem a idade das pedras, dos muros, do chão do lugar. Não há pressa por aqui, porque não há para onde ir a não ser para a história, para o passado.

Deixo Castrojeriz e encontro o mesmo cenário de antes, o campo seco e amarelado das mesetas... E o sol, que caminha no céu com a mesma velocidade que caminho em terra. Não há nuvens. A trilha que sigo parece querer atravessar uma pequena montanha logo à frente. Procuro um desvio no horizonte, mas só encontro uma trilha que segue por cima do amontoado de terra batida. Não há opção. Olho minhas pernas, ajeito meus bastões, respiro a sequidão da meseta com toda a minha força e sigo em direção ao pé da montanha.

Eu e meus bastões somos como quatro pernas, que se alternam para tocar o chão de terra e fazer sua própria poeira subir. Estamos no Teso de Mosterales, diz a placa, que também informa a altura que vamos subir: são duzentos e dez metros de subida, em um quilômetro de caminhada. No topo, alcançaremos a altitude de novecentos e dez quilômetros acima do nível do mar. Só que não há mar e a umidade do ar é de quase zero. Bebo água enquanto começo a subir a montanha. A estrada é em zigue-zague. Sinto menos dores enquanto subo. Aproveito para impor um ritmo regular na subida.

No meio da montanha, há um pequeno mirante natural de pedras, que me serve de pausa para mais água. Olho para trás, o cenário impressiona. A linha do horizonte parece tão distante quanto meu destino, Santiago. Daqui de cima, vejo as belezas da sequidão. Sinto-me um peixe fora d'água nessa terra árida. Não pertenço a esse lugar. Estou de passagem por essa terra grandiosa. Só a tristeza do Rodrigo parece caber nesse vazio seco.

Aqui, a vida está sempre de passagem. Um peregrino passa ofegante por mim. Seu olhar é de sofrimento, enquanto suspende a mão bem rápido, num aceno que mais parece um pedido de ajuda. Sem parar, ele persegue o topo do morro.

Retomo a subida. Vejo o pico cada vez mais perto. Depois de uma curva, consigo avistar parte de uma casa. Mais alguns passos e vejo um banco com alguns peregrinos sentados. Parece um posto de descanso. Estou a cem metros do ponto mais alto do morro. Mantenho a passada firme e, quando a subida termina, sinto como se o corpo flutuasse sobre a montanha. As pernas esquentam rapidamente, o corpo derrama sobre mim toda a água que eu havia bebido. Chego ao ponto de descanso, tento cumprimentar os peregrinos, mas a voz não sai. Sento-me na beirada do banco, sem tirar a mochila. Os bastões ficam no chão, as pernas fervilham. Respiro fundo algumas vezes antes de pegar a banana na mochila. Devoro-a. Contemplo o local com um olhar encharcado de suor. Ao lado de um carro velho, uma mulher vende frutas, café e água. Bebo o restante da água que tenho e fico por mais alguns minutos sentado. Antes de seguir rumo à baixada, vou à mulher, peço outra banana e uma água. Pago e observo o cenário com mais calma. Estamos no ponto mais alto da montanha. Uma descida extensa me leva a lugar algum. No horizonte não há nada, nem esperança.

🐚

"As subidas te cansam. As descidas te machucam." Cada passo da descida foi dado com esse alerta que havia lido em sites sobre o Caminho. A descida demora a acabar. Alguns peregrinos me passam e eu percebo meu estado em seus olhares de compaixão. Me desloco sobre dor e cansaço. Tento transferir todo o peso do corpo para os bastões, mas os braços também se cansam rápido e as pernas voltam a sofrer. O calor também me castiga.

Quando a descida acaba, a dor também se torna mental. Desespero-me quando vejo as horas e não avisto um sinal de cidade. São dez da manhã e, à minha frente, ao menos mais cinco quilômetros de reta e campo. Não há nada para ver, nem fazenda, nem cidade, nem verde. Sinto vontade de gritar. Respiro fundo algumas vezes até me reequilibrar. Acalmo-me e decido não olhar mais o relógio, nem pensar mais na chegada. Que os passos sejam lentos, mas constantes.

Assim, a caminhada, aos poucos, volta a ganhar um ritmo.

🐚

De longe, enxergo um sinal de vida. São pequenos amontoados de árvores que, de onde vejo, parecem moitinhas de grama. Aos poucos, a estrada me conduz até o lugar. Escondida atrás dessa natureza, uma casa maior se apresenta para mim. Ela é tão alta, que faz sombra num trecho generoso da estrada. Dois grupos de peregrinos estão sentados nessa sombra, escorados na parede da casa aparentemente fechada. Chego devagar, reconheço alguns rostos, nenhum amigo, apenas caminhantes que vejo há dois dias. Parece que seguimos o mesmo plano de caminhada.

Paro por alguns minutos na sombra, bebo água e, mais uma vez, alongo o corpo. Percebo que as pernas estão cada vez mais tensas, difíceis de esticar. Insisto com os movimentos que, apesar de difíceis, ainda amenizam as dores. Adiante, uma ponte encobre um rio grande. Caminho até lá. Peregrinos tiram fotos do rio. Encosto-me na mureta baixa, com medo de cair, embora com vontade de pular na água.

Meu humor melhora com a mudança da paisagem. O verde continua para depois da ponte. Daqui, vejo que a estrada faz uma curva à direita. As árvores altas acompanham o percurso. Prossigo e, antes de entrar na curva, uma placa indica que estou na Província de Palência.

Acerto o ritmo dos bastões. Aproveito o trecho mais fresco para relaxar. Sei que estou perto do próximo povoado quando faço mais uma curva, agora à esquerda, e avisto outro amontoado de árvores à frente. Vejo pequenas casas embaixo da copa das árvores, que estão, no máximo, a um quilômetro de distância. É Itero de la Vega. Estou a vinte quilômetros de Hontanas e a dez de Boadilla del Camino, meu destino de hoje. Acelero.

Alcanço a cidade minutos antes do meio-dia. Logo na entrada, um bar com aspecto de casa está repleto de peregrinos. Meus olhos procuram o que os meus pensamentos não param de buscar: Rodrigo. Entro pelo portão baixo de madeira e não o vejo no pátio. Caminho até a varanda. Uma fileira de mochilas está alinhada com a parede do bar. Deixo a minha com as demais e entro para descansar, reabastecer minha água e, provavelmente, comer um pouco mais. Ainda tenho duas horas ou mais de caminhada até Boadilla, então preciso me preparar.

Entro e peço uma garrafa d'água pequena e um suco de laranja natural. Água e vitamina ajudam a resfriar o corpo. Passo minutos em pé, repetindo os exercícios de Eva. Sorrio enquanto penso no "presente" que ganhei da peregrina alemã. Sua preocupação em me ensinar a cuidar das pernas foi uma generosidade bonita. Cada um ajuda como pode. Os alongamentos estão me dando sobrevida. Ainda sinto as dores, mas não sei se chegaria até aqui sem os movimentos. Tenho medo de não conseguir chegar a Santiago.

O descanso em Itero me ajuda a colocar a cabeça no lugar. Estou no meu segundo dia de caminhada e já me sinto conectado ao Caminho. Rodrigo, Jinez, Rose, Eva, Maik... quero saber como estão, desejo revê-los. Não encontro nenhum deles por aqui e me entristeço um pouco por isso. Num impulso, levanto-me novamente, vou até o bar, pago minha conta e saio atrás da minha mochila. Antes, faço uma checagem da bagagem. Pego meus bastões, coloco as mãos nos bolsos para procurar o celular e a carteira. Tudo certo. Ajusto a mochila nas costas e sigo em direção ao pátio, pelo mesmo lugar por onde entrei. Antes de alcançar o portão, uma peregrina passa por mim com um violão nos braços. Começa a tocá-lo e a cantar uma música que não reconheço. Canta e dança, enquanto atravessa todo o pátio do bar. A voz é bonita, alegre. Alguns peregrinos a acompanham, chegam perto e dançam com ela. Outros fazem coro com a cantora. Observo toda a cena. A música reúne as pessoas ao redor do violão. As dores são deixadas de lado enquanto celebram. Alguns se abraçam e, mesmo os que continuam sentados, observam com interesse a peregrina. Quando termina, aplausos e assobios podem ser ouvidos de longe. Eu também faço coro com as palmas. Viro-me para a estrada, dou um passo em direção ao Caminho, mas sinto uma energia subir rápido do peito para o rosto. Sem controle, começo a chorar. É como se o meu corpo quisesse irrigar essa terra seca. Uma emoção muito forte escapole de mim. Não sei exatamente o que sinto. Tenho medo, tento me reequilibrar. Respiro fundo e repito o movimento várias vezes, até que consigo conter o meu choro. O corpo treme, mas não é fome. Uma energia estranha se espalha pelos meus membros, vai até as pontas dos dedos e retorna ao peito. Acelero meu passo com receio de ser flagrado nesse estado de pranto. Organizo a passada com os bastões. Ando rumo a Boadilla enquanto seco minhas águas.

São duas e meia da tarde. Atravesso, mais uma vez, o nada. Não sei se em delírio, começo a ver beleza nesse nada. O pasto amarelo em um tom meio sépia, meio ouro. A linha que divide a terra e o horizonte é um corte brutal na paisagem. Abaixo, o amarelo-ouro. Acima, o azul-celeste. Só existem essas duas tonalidades nesse trecho, fora o sol: uma bola de luz branca que ocupa grande pedaço desse céu.

Não comando mais as pernas. Elas já sabem o que devem fazer e fazem como conseguem. Alguns peregrinos me ultrapassam durante essas duas horas de caminhada. Não conversamos. Nos cumprimentamos, mas guardamos nossas energias para chegar ao objetivo. Algumas subidas me fazem acreditar que, logo depois do morro, como aconteceu em Hontanas, vou encontrar a cidade. Subo e avisto mais e mais terra adiante. Chega um momento na caminhada em que o pensamento passa a ser aleatório. Penso na minha família, bebo água, sinto dor, calor, penso em Rodrigo, em Sol e no calor mais uma vez. Tento manter a mente sã, mas alucino. Até que avisto outra moita de verde à frente. Boadilla ou delírio?

Uma placa me dá as boas-vindas à cidade. Entro na sombra das árvores como quem entra no banho para tomar uma ducha fria. Só que não há água. Nem no cantil, nem sob a copa das árvores. A primeira casa da cidade é um albergue aparentemente abandonado. Uma pessoa sentada no jardim, que não parece ser peregrina, me cumprimenta de longe com um aceno. Retribuo e continuo pela cidade. Caminho devagar, não porque não tenho pressa, mas porque não tenho força para andar mais rápido. Sigo as sinalizações pela cidade, viro à esquerda, passo por um beco, não vejo ninguém. Caminho. Saio em uma pequena praça. À direita, uma igreja está em reforma. Uma placa à esquerda indica o albergue "El Camino" à frente. A entrada não me agrada. Um portão velho de metal, que não sei se está meio aberto ou meio fechado. Assim que atravesso o portão, vejo uma máquina de refrigerantes antiga à minha esquerda coberta de poeira. Ao fundo, vejo peregrinos sentados num jardim muito bem cuidado. Entro um pouco mais, vejo que por dentro o lugar não é nada do que parece. Um contraste tão grande, difícil de acreditar, de tão bonito que é. Aproximo-me devagar e o jardim se alarga. Há mais peregrinos ao redor de uma pequena piscina. Não acredito no que vejo. Um funcionário cruza o jardim e me dá as boas-vindas. Indica-me a recepção, que fica ao fundo, depois do restaurante. Mesas estão ocupadas por mais peregrinos, que dividem o almoço. Resolvo ficar. Vou ao fundo, pergunto por camas e me convidam a sentar-me numa mesa improvisada para o check-in. Coloco a mochila escorada em meus pés, tiro a credencial e o passaporte e entrego ao atendente, que me pede cinco euros pela cama.

— Se quiser, já pode deixar reservado seu almoço — informa-me.
— Sim, eu quero. — Não hesito. Estou faminto.
Depois, ele me leva para a hospedaria que fica do outro lado do jardim.

Atravesso todo o pátio, procuro o que meus olhos não encontram: Rodrigo. Entro na casa, encanto-me com a decoração do local. Móveis antigos dão ar de casa de vó. Sinto-me bem recebido pelo ambiente. Entro por outra porta, dou em um quarto enorme, cheio de camas. O atendente indica com as mãos a minha cama, aponta o banheiro ao fundo, com várias duchas e vasos sanitários privativos. Organizo minha mochila o mais rápido que posso e vou direto para o banho.

Chego ao restaurante e procuro pelo garçom:
— Tenho uma reserva para o almoço.
— Sim. Sente-se que já vou trazer.
Sento-me em uma mesa sozinho. Enquanto aguardo, procuro Rodrigo mais uma vez. Talvez esteja em outro albergue da cidade. Ou em outra vila.

O garçom chega com meu prato e uma pequena garrafa de vinho. Devoro tudo em poucos minutos. Depois que termino, pago meu almoço, levanto-me com dores, caminho sobre a grama até o quarto, deito-me devagar na cama e boto a minha esperança pra dormir.

Quando percebo onde estou, vejo-me sentado na cama, com a sensação de que dormi poucos minutos, mas quando vejo o relógio, noto que se passaram quase três horas desde que me deitei. O relógio do celular marca seis e meia da tarde. Caminho até o pátio, há peregrinos que parecem ter passado a tarde por ali, deitados na grama, debaixo de sombras. Decido dar uma pequena volta na cidade. Saio pela porta do albergue e dou de cara com a igreja. Devagar, vou até ela. Não sei se a ideia de caminhar com essas dores é boa, mas a distância é tão curta que arrisco. Entro na igreja e tenho um choque com a mudança de temperatura. Venta e faz frio do lado de dentro. A luz natural também é forte. Respiro fundo e sinto a mesma sensação que tive quando saí de Itero de La Vega: um arrepio que começa no peito, vai até a cabeça e depois às extremidades do corpo. Começo a tremer. Caminho até a primeira fileira de bancos da igreja, sento-me e desabo a chorar mais uma vez. É como se algo quisesse se derramar de mim. Abaixo a cabeça, sinto um cansaço grande, estou exausto. Talvez seja isso, exaustão, ou vontade de desistir. Sinto que estou num limite. Respiro fundo, tento controlar meu pranto enchendo meu peito de ar. Repito o movimento várias vezes, até que, enfim, paro de tremer. Meus olhos, mergulhados em água, miram mais para dentro de mim que para outro lugar.

Quando a luz ambiente muda de tom, percebo que está tarde, começa a escurecer lá fora. Mais calmo, levanto-me e vou à porta de saída com uma sensação estranha de leveza. Saio, atravesso a pequena praça, entro no albergue, sigo em direção ao bar e, no meio da caminhada, sou interrompido por uma voz conhecida:

— Luca! Luca!

Rodrigo me grita da porta dos quartos. Uma mulher de aparência bem jovem está ao seu lado. Meus braços se abrem assim que o vejo. Nos abraçamos forte. Rodrigo pega em meus ombros com entusiasmo, me chacoalha e diz:

— Venha! Quero te apresentar uma pessoa.

Que os nossos amigos
nos amem cada vez mais.
E que os nossos inimigos
descubram logo o que é o amor.

Calmaria

Quando Rodrigo me apresenta a Nina, não consigo disfarçar minha decepção. Por um instante, tive certeza de que iria conhecer a Sol. Nos cumprimentamos. Nina é espanhola, de Madrid. Conversamos um pouco em frente à entrada dos quartos, até que Rodrigo nos convida ao restaurante do albergue. Caminhamos enquanto falamos sobre o Caminho. Sentamos em uma mesa próxima à piscina.

— Eu e Nina nos conhecemos no início do Caminho. Começamos no mesmo dia, saímos juntos de Saint Jean, na França. Só que depois nos perdemos. Achei que ela tivesse desistido — comenta Rodrigo.

— É que eu caminho devagar. Não tenho pressa. Em Pamplona, no terceiro dia, resolvi descansar, aproveitar a cidade. Por isso não nos encontramos mais — explica Nina. — Repeti essas paradas em Logroño, Belorado, Burgos...

Dá pra notar como os dois estão felizes em se reencontrarem. A felicidade de Rodrigo é maior. Reencontrar Nina após tantos dias parece reacender sua esperança de achar Sol.

A facilidade de se perder de uma pessoa aqui no Caminho, ao mesmo tempo que me fascina, me espanta. Penso nisso enquanto tento compreender o que pode ter acontecido com Sol. É possível que ela esteja na mesma cidade que nós, mas em outro albergue. Mas também é possível que esteja uma cidade à frente ou atrás. Ou a duas ou três cidades distantes. Ou até que ela tenha parado, desistido, voltado para casa. Ninguém sabe. Ainda assim, mesmo que esteja perto, é muito difícil encontrá-la sem contar com a sorte. São diversos os fatores que podem fazer com que duas pessoas se desencontrem por aqui. Alguns minutos de diferença são distâncias imensas nesta terra. Uma pessoa que caminha mais rápido pode se distanciar em quilômetros de outra que caminha devagar. Agora compreendo melhor como tenho tido sorte em reencontrar Rodrigo, Jinez e Rose nesses dias.

Nina está animada em rever Rodrigo. Quer saber como tem sido seu Caminho, mas Rodrigo não se abre como se abriu para mim. Fala das dificuldades de alguns dias, conta que fez trechos mais curtos depois de Pamplona, que caminhou devagar. Fala do calor, dos albergues infestados, mas não fala de Sol. Parece ter vergonha de se abrir e expor sua dor para outras pessoas. Será que sou seu único confidente?

Rodrigo desconversa, fala de mim, que nos conhecemos há poucos dias. Fala das minhas dores. Nina logo se interessa pela minha história:

— Como se machucou?

— Não foi de um jeito específico. Não caí, não esbarrei em nada, não torci... acho que foi o exagero do primeiro dia. De Burgos a Hontas foram trinta quilômetros debaixo de muito sol.

Quase morri de verdade. Aí conheci um casal de alemães que me deu dicas de alongamentos. Isso tem me ajudado um pouco.

— E o que você está tomando? — quer saber Nina.

— Ainda não tomei nada — respondo, enquanto lembro que trouxe alguns remédios para dores.

Nina fica assustada e um pouco nervosa quando ouve que não estou tomando nada.

— Só há dois jeitos de curar suas inflamações no Caminho: ou você toma os remédios ou desiste. Acredite, o Caminho é muito duro. E suas dores só vão piorar se não começar a se cuidar agora.

Nina fala com bastante autoridade no assunto. E confesso que, assim como os bastões, eu havia me esquecido dos remédios. Tenho anti-inflamatórios e analgésicos na mochila.

— Vou começar a tomá-los hoje, antes de me deitar — digo para mim mesmo e para Nina.

Nossa conversa continua sobre dores, cansaços e machucados, até que a comida chega. Enquanto comemos, falamos pouco, amenidades. Estão todos famintos. Por aqui, o corpo sempre pede mais e mais alimentos. Talvez, por isso, a hora da comida seja a mais silenciosa do dia, em respeito ao corpo. É hora de retribuir todo o esforço que ele faz por nós.

Quando terminamos, falamos do dia seguinte. Rodrigo está animado com o percurso de amanhã:

— Amanhã será mais tranquilo. Vinte e quatro quilômetros e só.

— Depois que se caminha trinta quilômetros, vinte e quatro parece bem pouco mesmo — falo, tirando risadas dos dois.

— Luca, você precisa conhecer o começo do Caminho, lá da França, depois Pamplona, Logroño... são trechos bem diferentes deste daqui. Tem muito verde, a paisagem é refrescante. De Burgos para cá, nas mesetas, a paisagem é outra. É um outro Caminho. Se tiver a oportunidade, volte e faça a jornada completa.

Ouvir Nina falar do Caminho me encanta, mas também me faz pensar sobre como estamos acostumados com a abundância, com as belezas evidentes. De repente, não conseguimos mais ver as belezas miúdas presentes nessa vastidão de terra. Beleza não tem tamanho. Como podemos chamar isso tudo de nada? Penso enquanto recordo dos meus primeiros dias.

Os dois concordam que foram os dias mais duros da caminhada, pela combinação das longas distâncias com o clima seco e a paisagem monótona. Nesses trechos de mesetas, a mente sofre tanto quanto o corpo. Manter-se firme no Caminho quando o corpo pede para desistir é um trabalho mental. Por isso, muitos peregrinos classificam o percurso francês em três etapas: a primeira, a física, quando o corpo se acostuma à caminhada; a segunda, a mental, quando se passa pela meseta; e a terceira, a emocional, quando você compreende o motivo da sua caminhada e então chega a Santiago de Compostela.

Nossa conversa me traz mais alívio com a possibilidade de, a partir de amanhã, minhas dores serem menores. Antes de pagarmos a conta, pergunto para o garçom sobre o café da manhã.

— O albergue não serve café da manhã, mas tem uma pequena lojinha de comidas ali no fundo, perto da cozinha. Tem frutas, biscoitos, sucos, água. Se quiserem, podem comprar para amanhã.

Pagamos a conta e seguimos em direção à lojinha. Todos escolhemos algo para levar. Em seguida, caminhamos em direção aos quartos. Já passa das nove da noite e os peregrinos se preparam para mais uma noite de descanso.

Paramos por mais um instante na porta dos quartos. Rodrigo se preocupa com a hora de levantar. Nina diz que não tem pressa. Quer aproveitar o dia de percurso mais curto para acordar mais tarde, "talvez às sete". Rodrigo me olha e propõe levantarmos mais cedo, às cinco e meia. Seus olhos me fitam como se pedisse companhia. Aceno que sim, levantaremos juntos. Só eu nessa conversa sei da angústia que Rodrigo carrega consigo.

Antes de Nina partir, combinamos um reencontro em Carrión de Los Condes, nosso destino de amanhã.

— Soube que o Albergue Paroquial de Santa Maria tem uma programação bem interessante. Podemos nos reencontrar lá... É claro, se quiserem.

— Sim! — respondo animado e sem disfarçar minha vontade de revê-la.

Em seguida, Nina se despede com um abraço em cada um de nós e se vai. Assim que entramos, ganho coragem para falar com Rodrigo. Mas sou interrompido:

— Desculpe-me por hoje de manhã! Eu fui grosso com você... Fico nervoso, mas você sabe que não é contigo. É com Sol. Ou com a falta que ela me faz.

Consolo-o com as mãos em suas costas.

— Não se preocupe. Eu quero te ajudar. Você não está sozinho aqui. Veja Nina, como ficou feliz em te ver.

— Ela não sabe de Sol. E eu não quero que saiba. Na verdade, ninguém deveria saber sobre Sol. Já basta ter envolvido você. Não quero que mais ninguém se preocupe comigo.

— É claro que me preocupo. Aqui, todo mundo se preocupa com todo mundo. Se não fosse a sua preocupação, de Maik, Eva, Jinez, Rose e agora Nina, eu já teria desistido disso aqui. Caminharemos juntos enquanto você quiser e eu puder te acompanhar.

— Você precisa cuidar da sua perna, Luca. Lembre-se de tomar seus remédios. Amanhã saímos mais cedo, caminharemos sem pressa, prometo.

Nos abraçamos mais uma vez antes de entrar pela porta da casa, rumo às camas. Rodrigo está em outro quarto. Assim que entro, procuro pela sacola de remédios na minha mochila, encontro o anti-inflamatório e o analgésico. Vou ao banheiro escovar os meus dentes, tomo os remédios e deito.

Dessa vez, demoro a dormir. Fico na cama por quase uma hora. Outros peregrinos também fazem o mesmo, mexem em seus celulares antes de descansar. Mando mensagens para a família e também a um grupo de peregrinos do Brasil que se prepara para a caminhada. Penso no porquê de Rodrigo ter vergonha da sua história com Sol. Por que não compartilha com outros peregrinos e aumenta a possibilidade de encontrá-la mais rápido?

Acordo assustado com o barulho do celular. Corro as mãos sobre o aparelho para desligá-lo. Alguns peregrinos se remexem na cama enquanto aperto o botão. São cinco e meia da manhã e sou, mais uma vez, um dos primeiros a levantar. Repito todo o ritual, tiro pouco a pouco meus itens do quarto e levo-os para a sala do albergue. Uma peregrina está acordada, nos cumprimentamos com um "bom-dia" quase sussurrado. Organizo a mochila, escovo meus dentes e vou até a varanda da casa, onde os calçados estão enfileirados. Está escuro, uso a lanterna do celular para encontrar o meu par. Quando volto, vejo Rodrigo carregar sua mochila para a sala.

Termino de me preparar antes dele. Aproveito o tempo para beliscar o biscoito que comprei no albergue. A temperatura está ótima para caminhar. Adoro não precisar colocar agasalho. Gosto de sentir o frio da manhã. Uma forma de compensar o calor que passamos quando o sol aparece.

Só quando Rodrigo me pergunta se tomei os remédios é que reparo minhas pernas. Estão melhores, sinto bem menos dores que ontem. Aproveito para tomar outra rodada de anti-inflamatório e analgésico. Alongo-me. Colocamos as mochilas nas costas e saímos juntos. Parece que hoje somos os primeiros a abandonar o refúgio. No portão que dá para a rua, a única luz acesa é a da máquina velha de refrigerantes. Sinto sede e arrisco colocar umas moedas no buraco indicado, sem acreditar que ainda funcione. De repente, ela me entrega uma garrafa de refrigerante gelada. Experimento e está delicioso. Percebo como os açúcares entram no meu corpo como um alimento vital. Rodrigo me olha com um sorriso discreto. Pergunto se aceita e ele ri:

— Esse veneno é todo seu, Luca!

Começamos nossa caminhada pela pequena cidade de Boadilla. Não há vida, só as luzes dos postes e os ruídos de insetos. A cidade é pequena, parece abandonada. Cruzamos ruas muito estreitas. Caminhamos alguns metros à margem da cidade, ao lado de fazendas e pastos. É disso que a pequena cidade sobrevive, do que vem do campo. Do leite das poucas vacas daqui. Do queijo, dos pães servidos aos peregrinos. Do café. Do silêncio. Acho que dá pra viver só com o silêncio que essa cidade produz.

Os primeiros passos são dados devagar. Caminhamos por quase meia hora no escuro, à procura dos sinais do Caminho. Fazemos curvas à beira da estrada, por entre fazendas, até encontrar uma via mais larga de terra. Chegamos à estrada junto com os primeiros raios de sol. A temperatura muda drasticamente nesta etapa, quase congelo de frio e logo percebemos que estamos ao lado de um pequeno rio.

— É o Canal de Castilla — explica Rodrigo. — Nossa companhia até Fromistá, a seis quilômetros daqui.

No Caminho de Santiago, o sol sempre nasce às costas do peregrino. Olho para trás para ver o amanhecer e, no ponto onde o sol está para surgir, vejo uma luz de cor laranja, muito intensa. Ao redor, uma mistura de cores, do laranja ao azul-escuro, completa todo o céu. As árvores que estão à beira do rio viram silhuetas em desenhos magníficos contra a luz do sol. Olho para a água do rio e vejo toda a cena refletida na superfície. Aproveito para tirar uma foto. Procuro por Rodrigo, com receio de ter continuado sem mim, mas está ao meu lado, e também admira o que vê.

— Não consigo eleger o mais bonito — diz Rodrigo, referindo-se ao nascer do sol. — Cada região tem um amanhecer diferente. Penso se as manhãs são diferentes ou se é o nosso olhar que muda a cada dia. É como se houvesse um novo amanhecer para cada dia nosso na Terra. Por exemplo, eu não sei se a luz que você vê agora é a mesma que eu vejo. Acho que cada um de nós tem o seu próprio sol. O que eu sei é que o meu nascer do sol está muito bonito.

A sensibilidade de Rodrigo me emociona mais que o amanhecer. Parece que ainda existe vida dentro desse peregrino perdido.

— Vamos! Já estamos bem perto de Frómista — grita Rodrigo, enquanto penso sobre o que me disse.

Voltamos à caminhada, à margem do canal. Em trinta minutos, chegamos a uma espécie de desvio, onde as águas seguem pela esquerda e o Caminho pela direita. Atravessamos o canal por uma ponte estreita e sem muito apoio. Sinto um pouco de medo ao atravessá-la, parece improvisada de tão pequena. Logo estamos do outro lado. Algumas casinhas à margem do rio anunciam que estamos em Frómista. Caminhamos mais um pouco e chegamos a uma rua larga e vazia. A cidade começa a surgir à nossa frente. Quando chegamos a um ponto onde todas as ruas da cidade parecem se cruzar, avistamos um café aberto. Seguimos até ele. São sete horas da manhã, a luz do sol ainda hesita em aparecer, não há peregrinos nas mesas do lado de fora. Deixamos nossas mochilas ali e entramos. O atendente do bar conversa com um peregrino, aparentemente bem mais velho. Somos cumprimentados com entusiasmo pelo senhor, que logo se apresenta:

— Prazer, sou o Joaquim, do País Basco e, pelo jeito, durmo menos que vocês — brinca enquanto olha no relógio.

— Sim. Mas também acordo muito pra ir ao banheiro — brinco. — E me chamo Luca.

— E eu, Rodrigo. Não durmo há dez dias. — Rimos juntos.

Animo-me com a simpatia de Joaquim. Um senhor de um metro e cinquenta de altura, setenta e poucos anos e um sorriso largo. Seu espanhol é diferente, fala rápido. Rodrigo compreende melhor do que eu.

Conversamos enquanto tomamos nosso café. Joaquim nos conta um pouco da sua vida no País Basco. É um grande contador de histórias. Muda o tom de voz, gesticula enquanto fala, faz caretas. Revela que todo ano faz um trecho do Caminho. É a terceira vez que tenta fazer todo o Caminho Francês. Já fez o do Norte, o Primitivo e, mesmo casado, viaja sempre sozinho para caminhar em algum lugar da Espanha. Este ano, faz o trecho de Burgos a León.

— Ano que vem eu termino o Francês e talvez me aposente do Caminho. Espero que o Governo Espanhol me pague uma boa bolada por isso. — Joaquim faz piada de tudo.

Tomamos o café e começamos a nos arrumar para partir. Joaquim também se levanta. Saímos juntos da cafeteria, ainda envolvidos na conversa do novo amigo. Assim que viramos a rua, ele nos convida a visitar um lugar bem próximo dali. Rodrigo pestaneja, quer saber o que é, mas o senhor o convence e garante que não vamos demorar, nem nos arrepender. Andamos uma quadra a mais, pela rua de trás do café. Quando viramos à direita, damos de cara com o que parece uma igreja. Joaquim a descreve:

— É a Igreja Românica de San Martin, construída no século XI. Por muito tempo foi abandonada, até ser restaurada no século XIX e preservada até hoje como patrimônio histórico. Não é bonita?

Paramos por um tempo, enquanto Joaquim continua a contar a história da igreja. Depois, ele nos leva para o outro lado, contra o nascer do sol. E o sol continua a nascer, agora por trás da construção, num céu azul alaranjado. À nossa frente, vemos a igreja, uma pintura enquadrada nesse céu amanhecido.

— Quase acredito em Deus quando vejo as belezas que a Igreja Católica construiu nesta terra. Não creio que o homem conseguiria fazer isso sozinho — comento.

— Então a sua descrença não é em Deus. É no homem — responde Joaquim, com uma risada alta e um tapa nas minhas costas.

Retornamos para o Caminho. Enquanto andamos por Frómista em busca da estrada, Joaquim conta mais histórias. Tenho dificuldades de compreender o que fala, ele conversa muito rápido. Seu sotaque basco é acentuado, quase teatral. Ele e Rodrigo vão um pouco mais à frente, enquanto observo a conversa. Minhas pernas voltam a doer. Olho Rodrigo e Joaquim adiante, tão bem com seus corpos, não parecem cansados, dão passos tão fáceis, como numa caminhada matinal. Quando percebo, estou a uns cinco metros de distância. Não consigo acompanhá-los mais sem sentir as pontadas na perna. Reconheço as dores que tenho e, em cada dor, sinto mais receio de caminhar rápido. Decido desacelerar mais uma vez. Deixo-os ir. Aos poucos, eles se distanciam de mim. Pela altura das risadas, vão demorar a perceber minha ausência. Sigo-os devagar, até que eles fazem uma curva numa esquina de prédios baixos e somem. Paro antes da curva, deixo a mochila no chão e repito a sessão de alongamentos que aprendi com Eva. Estou feliz que Rodrigo esteja caminhando com outra pessoa que não seja eu. É a primeira vez que fico sozinho sem me preocupar com ele. Aproveito para me recordar das pessoas com quem já cruzei por aqui: Jinez, Rose, Maik, Eva... Onde será que eles estão? Quero reencontrá-los.

Enquanto descanso, penso em como Joaquim pode ajudar Rodrigo nessa busca por Sol. Talvez, o que falte ao mais jovem seja um pouco da sabedoria que pessoas mais velhas, como Joaquim, possuem.

Joaquim tem a voz grave e marcante, e gesticula bastante suas mãos enquanto fala. Usa todo o corpo para conversar. É magro, baixo e detém um físico impecável para sua idade. Suas pernas são fortes e a sua panturrilha não o deixa mentir: é mesmo um peregrino de longa data e de muitas estradas. Seus passos são curtos e rápidos. Caminha com um cajado de madeira nas mãos que pouco usa e serve mais para os desenhos que faz no chão que para equilibrar o próprio corpo. Quando quer escutar uma história, segura o cajado nas costas com as duas mãos. Parece um herói com sua espada. Um herói às avessas, como os personagens de desenhos animados, que são mais engraçados que heróis.

Fico por quinze minutos descansando até voltar a caminhar. Pego a mochila, ajeito-a nas costas, dou alguns passos até a esquina e viro à direita, como fizeram meus amigos. No horizonte, não há mais qualquer sinal dos dois.

Continuo o percurso e corto uma pequena cidade chamada Población de Campos. Os campos de girassóis estão por toda essa etapa. Passo por alguns deles e vejo sorrisos desenhados nas folhas, como se os peregrinos deixassem seus rastros e desejos de felicidade para os que vêm em seguida. Fico feliz de enxergar esse detalhe, de perceber a vida assim, numa folha de girassol. Sinto que não estou só. Essa felicidade preenche de vida o que está ao redor de mim.

Uma hora e meia depois de Frómista, chego a outro pequeno povoado chamado Revenga de Campos. Ando por uma rua longa que atravessa todo o povoado e, quando avisto a praça da igreja, vejo também uma movimentação em uma pequena tenda montada no local. Aproximo-me e reconheço Joaquim ao lado de dois outros homens fantasiados de padres.

— Venha, Luca. Tome uma sopa comigo — grita assim que me vê, em um espanhol apressado.

Quando chego mais próximo, percebo que são padres de verdade, que me entregam um copo de sopa enquanto conversam com Joaquim sobre o povoado. A tenda de sopa, preparada por eles mesmos, é um oferecimento da igreja para os peregrinos, e se repete todo ano, no período de festas da cidade. No verão, essas festas acontecem em vários povoados da Espanha. É quando param para celebrar seus santos. As ruas ganham enfeites, bandeirolas e balões, e a programação preenche uma semana inteira com desfiles, missas, apresentações musicais e teatros. Muitos espanhóis aproveitam as férias escolares para viajar pelo país com a família e desfrutar dessas festividades.

Aceito mais um copo de sopa. Enquanto os padres me servem, me convidam para voltar para as celebrações que começam na próxima semana. Escuto, mas também procuro por Rodrigo.

— Seu amigo estava com pressa — comenta Joaquim. — Ele não quis nem experimentar a sopa. Parece que tinha que se encontrar com alguém em Carrión.

Eu, que conheço um pouco mais de Rodrigo, sei da sua pressa em ter notícias de Sol. Por mais agradável que seja, uma companhia para Rodrigo é sempre um entrave na sua busca. Ele, definitivamente, não está para companhias. Tomara que reencontre logo sua luz, seu Sol.

Joaquim não tem pressa. Saímos de Revenga depois de quase uma hora de descanso e conversa. Vários peregrinos chegaram para saborear a sopa, depois partiram, enquanto ficamos um pouco mais. Joaquim gosta de conversar e, ao poucos, começo a entender melhor seu sotaque e suas histórias.

Ando com a ajuda dos bastões. As dores continuam, mas a conversa com Joaquim é tão agradável, que seguimos por quase duas horas sem parar. Essa etapa do Caminho é monótona, quase toda à beira da estrada, em linha reta. O encontro com meu novo amigo parece outro presente da peregrinação. Chegamos a Villálcazar ao meio-dia. Mais uma vez, o sol nos castiga. Joaquim usa um chapéu engraçado, de caça, com proteção para as orelhas e nuca. Também usa uns óculos de sol típicos de corrida, que o deixam ainda mais parecido com um desenho animado. Ele não parece velho. Estou de frente para uma pessoa, que é jovem há mais tempo que eu. Não reclama de cansaço, nem de dor, nem do calor. Enche-me de perguntas, que tento responder com meu espanhol aportuguesado. Ele me compreende, e assim conversamos sobre quase tudo, até política. Gosta de dançar. Tango é sua especialidade e promete me mostrar alguns passos quando chegarmos a Carrión.

Paramos em uma pequena venda em Villálcazar. Joaquim pede um refrigerante gelado. Invejo-o tanto, que também peço um. Estamos a seis quilômetros do nosso destino de hoje. Se continuarmos no mesmo ritmo, chegaremos a Carrión perto das três horas da tarde.

— Que tal caminharmos um pouco mais rápido? — proponho. — Sinto-me bem agora. Se mantivermos um mesmo ritmo, podemos chegar antes das três.

— É você que manda. Se você está bem, então vamos! — Joaquim topa acelerar o passo.

Cruzamos com mais peregrinos. Nosso ritmo agora é mais rápido que a média dos outros caminhantes. Melhoro o ritmo com os bastões. A estrada é uma reta sem fim, ao lado da rodovia, bem plana. Aos poucos, ganho segurança para andar no ritmo que Joaquim impõe. Falamos da sua vida no País Basco. Desde que se aposentou, mora numa fazenda, na periferia de Bilbau. Era trabalhador braçal, e isso explica o seu físico. Parece uma criança, não para, está sempre se movimentando, mesmo quando paramos para descansar. Encanto-me com esse senhor, um personagem do Caminho.

No relógio faltam quinze minutos para as duas quando avistamos Carrión de los Condes no horizonte. Uma reta de aproximadamente dois quilômetros nos separa da cidade. A vontade de chegar é tão grande, que o próprio corpo decide acelerar. Sinto a pele queimar debaixo do sol. Meu amigo basco parece mais confortável sob o seu chapéu de caça.

Alguma coisa me incomoda no meu pé direito. O chão é de cascalho e poeira, sinto como se uma pedra tivesse entrado no meu tênis. Decido parar para ver o que é, e Joaquim me acompanha. Pega minha mochila e meus bastões e os escora em seu corpo enquanto retiro meu calçado. Balanço-o de cabeça para baixo e nada cai de dentro dele. O incômodo continua e percebo que ele está dentro da meia. *Mas como uma pedra consegue entrar em uma meia?* Quando consigo retirar o pedaço de pano, vejo o estrago. É uma bolha. Minha primeira bolha no pé, no quarto dedo, ao lado do dedo mínimo. Toda a pele ao seu redor está frouxa, descolada da carne. Não sei o que fazer. Penso em rasgá-la, mas Joaquim me adverte:

— Deixe-a como está ou não vai mais conseguir pisar no chão. Quando chegar ao albergue, te ensino a cuidar das bolhas. E te mostro a coleção que tenho nos pés.

Calço meu tênis com a sensação de que não vou conseguir caminhar até Carrión. Não sinto dor, é uma mistura de desconforto com medo de que mais pele se solte dos dedos. Voltamos a caminhar e mal consigo colocar o pé direito na trilha. O peso está todo na perna esquerda. Joaquim me olha e me acalma:

— Já estamos chegando, Luca. Não pense que você é o único que sofre no Caminho. Os primeiros dias são sempre mais duros. O corpo demora a se acostumar. E quando você compreende como funciona, aprende a cuidar melhor dele. Veja o meu caso, que caminho há trinta anos. Estou cheio de bolhas. Todo dia, quando chego ao albergue, cuido do meu corpo, tomo um banho e faço meus curativos no pé. Tem gente que caminha sem ter bolhas. Tem quem ganhe uma bolha nova todo dia. Tem quem sinta mais dor, tem quem sinta menos... O Caminho é duro. E não se engane: você não conhece as pessoas. Aqui, todo mundo sente alguma dor. Se não é física, é aqui ou aqui. — Aponta com o indicador para o coração e depois para a cabeça.

Caminhamos devagar. Reflito sobre o que me disse. Lembro que Rodrigo tem dores que eu não tenho, são dores profundas. "Todo mundo sente alguma dor."

Joaquim me acompanha sem pressa. Muda de assunto, volta a falar de sua terra, das festas anuais de Bilbau, de como são animadas. Convida-me a ir no próximo ano:

— Você vai ficar lá em casa.

Depois fala das lutas bascas a favor da independência da região. Volta a se gabar do talento que tem para a dança. Adora tango... E assim, entre uma conversa e outra, entre um desconforto e uma dor, chegamos a Carrión de los Condes. Uma cidade tão bonita que, por alguns instantes, consigo deixar as dores de lado para contemplá-la.

Meu relógio aponta duas e meia da tarde quando entramos pela rua principal. Alguns peregrinos nos ultrapassam com pressa, como se procurassem a última cama disponível na cidade. Carrión é, aparentemente, pequena, mas bem povoada. Seguimos as setas amarelas espalhadas pelas ruas, enquanto carros e pedestres trafegam ao nosso redor. Não demoramos a avistar a praça principal, cheia de árvores e sombras. Alguns bancos estão ocupados por velhinhos, que parecem compor a paisagem da praça há décadas. A igreja fica nessa praça, outra construção antiga e bem preservada, feita com pedras escuras. Em uma porta ao lado da igreja, uma placa anuncia que chegamos ao Albergue Paroquial de Santa Maria, o mesmo que Nina e Rodrigo mencionaram. Tenho gana de vê-los.

A porta está aberta. Entramos e somos recebidos por freiras, que nos abraçam, pegam nossas mochilas e as escoram na parede da recepção. A hospitalidade delas me agrada.

— Prepare-se para viver uma experiência diferente aqui — sussurra Joaquim, depois que as freiras nos abraçam.

Elas nos recebem com um sorriso de quem nos espera há anos. Apontam as cadeiras para descansarmos e nos oferecem comida: pedaços de frutas e suco, postos sobre uma mesa de centro. O calor da caminhada é, aos poucos, substituído pelo frescor dos alimentos que experimentamos. Não há recepção melhor para um dia tão quente.

Quando me sento, meus pés voltam a latejar. Tiro meu calçado para olhar mais uma vez minha primeira bolha. Está como antes: uma pele encharcada e enrugada, pronta para dar lugar à carne. Joaquim me olha com um rosto de compaixão, como se dissesse "não se preocupe, logo vamos cuidar disso". Ele também está sentado, e desfruta do acolhimento das irmãs. Respira fundo, limpa o suor da testa várias vezes... Vejo que os últimos quilômetros foram duros para ele.

    Joaquim me lembra meu avô. Seu jeito carinhoso de olhar para mim, era como o velho me olhava. Tudo que fazia para mim e para os outros netos era para compensar as dores que havia causado em seus filhos. Nós, os netos, éramos a sua nova chance de ser um bom pai-avô. Foram mais de três décadas dedicadas aos Alcoólatras Anônimos. Seus filhos nunca conseguiram perdoá-lo completamente pelas dores que causou à família. Essa tarefa ficou para nós, os netos. Ele foi perdoado.

    Ficamos sentados por mais alguns minutos, enquanto observamos os peregrinos chegarem e ocuparem outras cadeiras da sala. Estão todos cansados e queimados de sol. Hoje não foi o dia mais longo, mas a estrada monótona, alinhada ao calor, tornou o trecho percorrido exaustivo, chato de ser cumprido. A bolha no meu pé direito me fez forçar mais a outra perna. Sinto dor atrás da coxa esquerda. Preciso descansar e cuidar dos meus machucados. E ainda precisamos encontrar Nina e Rodrigo.

    Depois que fazem nossos registros, as irmãs nos acompanham para as acomodações. Eu e Joaquim subimos juntos, logo atrás da hospitaleira. Nosso quarto fica de frente para a escada. O local já está cheio. Olho rápido por todo o ambiente, mas não vejo Rodrigo. Acomodo meus pertences onde a irmã nos indica, em um beliche no fundo do quarto. Joaquim me oferece a cama de baixo, mas digo que não. Ele está preocupado com meus pés e eu com a sua idade. Insisto que fique embaixo, até que ele concorda. Enquanto organizo minha cama, conversamos baixo, combinamos de tomar um banho rápido, tratar minhas bolhas e procurar por comida. As frutas só serviram para abrir nosso apetite.

    Depois do banho, Joaquim me ensina a furar e a preparar o curativo sobre a bolha. Não é difícil, só tenho que repetir esse protocolo até que a bolha fique seca. Mais alguns dias e meu pé estará novo, como ele diz. Agradeço o cuidado. Joaquim ainda se arruma. Aproveito o momento para descer à recepção e procurar por Rodrigo. Desço as escadas, dirijo-me a uma irmã e pergunto se meu amigo chegou ao albergue. Diz que não se lembra, mas me recomenda procurar no livro de registros.

— Se ele está aqui no albergue, então seu nome tem que estar nesse livro.

Pego o livro, leio e releio cada nome e não o encontro. De acordo com as anotações, sou o único brasileiro no refúgio.

— Como ele é? — pergunta outra irmã, responsável pela recepção dos peregrinos.

— É magro, um pouco mais alto que eu, aproximadamente um e oitenta, olhos claros, rosto bastante queimado do sol... Carrega uma mochila preta.

— Acho que ele esteve aqui mais cedo, antes de o albergue abrir. Foi o primeiro a chegar, mas parecia apressado. Perguntou sobre a próxima cidade e eu disse que ficava há dezessete quilômetros daqui. Recomendei que ele ficasse e descansasse, mas ele disse que não podia esperar e saiu.

— É ele! — penso alto.

Tenho certeza de que é Rodrigo pelo seu comportamento. Essa aflição para encontrar Sol é inconfundível. Tenho medo dessa insistência em revê-la. Esse medo de que tenha acontecido algo com Sol é um pouco infantil. Faz anos que não acontece um incidente por aqui. Qualquer notícia ruim do Caminho se propagaria rápido. E a caminhada ainda é muito segura para tanta preocupação. Por que Rodrigo não aceita que ela se foi? Por que não a deixa partir? Ele é mais velho que eu, deveria saber lidar melhor com esses sentimentos que mexem com o coração. Mas por que seguir para a próxima cidade? Que pistas será que ele teve para caminhar mais dezessete quilômetros em um dia tão cansativo?

Luca! — Sou interrompido dos meus pensamentos por Joaquim, que me grita da porta do albergue. — Vamos almoçar! Estou com muita fome!

Saímos do albergue atrás de um lugar para comer, enquanto tento parar de pensar em Rodrigo.

Voltamos uma hora depois, cansados de tanto comer, com passos ainda mais lentos, arrastados pela preguiça. No albergue, um reencontro devolve um pouco da felicidade que Rodrigo havia levado de mim. Vejo Nina, que está de pé, em frente a um beliche, bem ao lado do meu. De banho tomado e cabelo ainda molhado da ducha, estica o saco de dormir sobre a cama e se deita. Vejo toda a cena de longe. Nina está tão bonita. Fito-a por alguns segundos. Quando noto, ela está me olhando. Fico sem graça. Abro um sorriso e ganho outro de volta. Aproximo-me da sua cama, ela volta a se sentar e nos abraçamos.

— Que bom te rever — ela diz. — Está melhor?

— Sim. Um pouco melhor. E ganhei um presente, veja! — Aponto para minha bolha. — E você?

— Estou bem. Acordei tarde, caminhei sem pressa até Revenga de Campos. Vocês provaram da sopa? — pergunta entusiasmada.

— Sim!

— Estava ótima, né? Depois acelerei o passo por causa do calor. E aqui estou, como combinamos. E Rodrigo, onde está?

— Parece que resolveu seguir um pouco mais. Saímos bem cedo, caminhamos juntos um pouco, mas logo tive que deixá-lo seguir. Quando cheguei, ele não estava. E pelo que soube, resolveu caminhar até a próxima cidade.

— Que louco! A próxima cidade fica tão longe daqui... — Nina se assusta.

— Sim. Tomara que esteja bem...

A expressão de Nina me angustia e me deixa ainda mais preocupado com Rodrigo.

— Bom, você almoçou? — pergunta Nina.

— Sim. E você?

— Também. Fiz meu almoço aqui mesmo. Comprei alguns itens quando cheguei e cozinhei no albergue. A cozinha é grande e tem tudo, caso queiram cozinhar. Só preciso descansar um pouco, estou esgotada. O sol cansa mais que a caminhada.

Aproveito para apresentar meu novo amigo.

— Aliás, esse é Joaquim.

Nina o abraça com o mesmo carinho com que me abraçou. Eles trocam algumas palavras sobre a Espanha, contam de onde são, até que Joaquim pede licença para descansar, ele também está exausto. Nina se ajeita para dormir.

— Um pouco de cama agora para aproveitar a programação de mais tarde.

— Que programação? — pergunto curioso.

— Às seis da tarde tem o tradicional canto das irmãs Augustinas? Dizem que é lindo. Depois, a missa dos peregrinos na igreja. E por fim, as irmãs oferecem uma ceia comunitária para peregrinos, aqui mesmo no albergue.

Fico animado. Nina insiste para que eu participe. Aceito, com o pedido de que me acorde assim que se levantar. Ela topa. Nos despedimos com outro abraço e me deito com o sorriso de Nina guardado nos olhos.

Acordo com música. Olho ao redor, não há peregrinos nas camas. Um pouco assustado e também perdido com as horas, sento-me. A música vem dos corredores do albergue. Desço da cama, ajeito minha roupa e vou até a porta. O volume da canção aumenta. Saio do quarto e vejo a escada tomada de peregrinos, espremidos entre os degraus. Alguma coisa acontece no piso de baixo. Aproximo-me um pouco mais do local e vejo a sala da recepção cheia de gente. Perto da porta de entrada, as freiras enfileiradas cantam e tocam, cada uma, um instrumento. Violão, pandeiro e flauta ressoam pelo espaço, preenchido também pelas vozes dos peregrinos.

Nina está sentada no topo da escada, no último degrau. Ajeito-me no pequeno espaço que ainda sobra entre ela e a parede.

— Por que você não me acordou? — pergunto num sussurro, para não atrapalhar a cantoria.

— Eu tentei algumas vezes, mas você nem se mexeu. Achei que tivesse morrido. Respeito os mortos — brinca.

— Eu apaguei! Aliás, dormir tem sido minha especialidade no Caminho.

— Que bom! Assim você descansa e relaxa suas pernas. — Nina aponta para as freiras. — Veja, elas começaram agora. Não é lindo?

Olho ao redor, estão todos atentos às irmãs. A música é animada. Quando percebo qual canção elas cantam, acho graça.

— É "Guantanamera"?

— Sim! — Nina responde rindo, com os olhos grudados na apresentação.

Fico encantado com o que vejo. Olho um pouco mais ao redor e encontro Joaquim sentado em uma cadeira no piso de baixo, bem perto das freiras.

A cantoria segue por mais de meia hora, entre conversas e músicas que as irmãs compartilham com muita afinação. Antes de encerrar, nos convidam à igreja. A missa do peregrino começa em alguns minutos. Levantamos e seguimos para fora do albergue. Joaquim se junta a nós assim que alcançamos o térreo.

Caminhamos sem pressa. A igreja fica colada ao albergue. Somos quase trinta peregrinos na mesma direção. Na porta de entrada, paramos um instante para apreciar a arquitetura. Joaquim sabe bastante sobre essas construções. Explica os detalhes da igreja, como se tivesse devorado um guia do Caminho antes de vir. Em seguida, entramos e nos sentamos num banco de madeira mais ao fundo. A missa não demora a começar. Ficamos por uma hora no local. Sentamos e levantamos algumas vezes durante a cerimônia. Nina e Joaquim sabem de cor a cerimônia. Ao fim, nós, os peregrinos, somos convidados a ir mais para a frente, para participar de um pequeno ritual. Ganhamos mimos e a bênção do padre. É bonita a sua fala, com desejos de que continuemos bem nossa jornada. Sinto-me encorajado. Até minhas dores parecem diminuir com o carinho que recebemos.

Quando a missa termina, voltamos ao albergue para a tão esperada ceia. Nina está animada com o momento:

— É uma tradição do Caminho. Muitas pessoas, inclusive, fazem a peregrinação só para viver essas experiências, como a ceia comunitária que nós vamos experimentar agora.

— Do jeito que você fala, parece algo mágico, místico, fantasioso — comento.

— A magia é poder conhecer melhor as pessoas que caminham ao nosso lado. Na caminhada é difícil ter uma conversa além do próprio Caminho. Ou a gente fala de dor, ou fala de quanto falta pra chegar, pra que cidade vai, onde vai se hospedar... aqui é o momento de nos conhecermos um pouco mais. Inclusive, de conhecer você. Estamos ansiosos para te conhecer, Luca. — Nina faz graça, mas ao mesmo tempo exibe um sorriso tão bonito, que concordo com o que diz. Esse sorriso eu ainda não havia conhecido.

Seguimos direto para o pátio do albergue, onde já estão outros peregrinos sentados em mesas espalhadas por todo o lugar. As irmãs distribuem a comida, com a ajuda de alguns voluntários. Nina oferece ajuda. Ofereço em seguida e sou escalado para abrir as garrafas de vinho, enquanto as irmãs organizam as mesas. Logo estou sentado, ao lado dos meus dois amigos. O momento é emocionante. Estamos todos juntos. Os rostos, já familiares, agora parecem mais amigáveis. Conversamos sobre muitos assuntos, falamos da comida, do Caminho, da cidade natal de cada um. Descubro que não sou o único que sofre com dores. Na verdade, o Caminho é duro até para os mais fortes. Todos têm uma dor. Noto quando caminham pelo pátio como suas pernas estão machucadas. Todos desfilam com o andar de peregrino, meio torto, ora poupando uma perna, um pé ou as costas. Alguns usam protetores nos joelhos e tornozelos. Outros, faixas e gelos na coxa, no ombro, nos pés. Acho engraçado o andar do peregrino.

A comida e o vinho estavam ótimos... a noite toda estava gostosa de saborear. Conheci um pouco mais dos peregrinos que dividem a mesma jornada que fazemos. Também pude conversar bastante com Nina e Joaquim. A alegria dos dois me faz bem e me ajuda a esquecer Rodrigo, ao menos enquanto conversamos.

Ao fim, todos os peregrinos ajudam na organização do local. Alguns lavam as louças, enquanto outros enxugam, guardam os talheres e os pratos. Ajudo a arrumar as mesas. Em meia hora está tudo limpo de novo. Voltamos ao piso superior, aos banhos e aos quartos. Escovamos os dentes e arrumamos nossas camas. Já são nove e meia da noite, quase hora de dormir. Joaquim está deitado quando nos despedimos:

— Obrigado pela companhia de vocês — agradece Joaquim com um aceno.

— Adorei passar a tarde com vocês. Durmam bem — emenda Nina.

As luzes do albergue começam a apagar. As lanternas auxiliam os peregrinos no quarto. Deito-me cansado, mas com vontade de pensar mais sobre esse dia. Faço um pequeno resumo na cabeça, de tudo que aconteceu. Não quero me esquecer de nada. Da sopa, da bolha, da música das freiras, da igreja, do jantar, do sorriso de Nina... de Rodrigo. A última memória que me vem à cabeça é de Rodrigo. Por mais que eu tente, não consigo deixar de sentir pena e vontade de ajudá-lo. Onde será que ele está? O que está fazendo agora? Será que encontrou sua Sol? Talvez a gente não se encontre mais.

Aos poucos, meus olhos se fecham e meu corpo não resiste ao cansaço. Desacordo.

Viver

é uma eterna despedida

entre o que somos agora

e o que vamos ser em seguida.

Esperança

São seis e meia da manhã. Estou no piso inferior do albergue organizando minha mochila ao lado de Joaquim e de uma dezena de peregrinos. Meu companheiro está agitado para voltar ao Caminho. Acordamos às seis e tomamos o café que as irmãs preparam no albergue. Agora, alongo-me. Joaquim está inquieto, acelerado e, pela disposição, não parece ter a idade que tem. Está sempre se mexendo, conversando com alguém. É amado pelos peregrinos. É o avô querido da turma.

Quando começo a colocar a mochila nas costas, Nina surge no topo das escadas. Quando nos vê, abre um sorriso de quem dormiu o tanto que queria. Está de chinelo nos pés, mas já com a mochila nas costas. Os tênis dos peregrinos ficam no piso inferior. Ela desce, dá um abraço carinhoso em Joaquim, depois em mim.

— Vocês podem me esperar? Só vou pegar meus calçados.

— Claro. Não temos pressa — respondo feliz de tê-la conosco na caminhada.

Tenho dificuldades em demonstrar meu carinho pelas pessoas. Sou tímido, apesar de me esforçar para que a timidez não me impeça de fazer o que quero fazer. Mas também tenho medo de que as pessoas me machuquem. Tenho esse receio, de me entregar e me decepcionar.

Não sei por que estou pensando nisso agora. O Caminho parece aproximar as pessoas de um jeito muito rápido e íntimo. É como se nossas dores, nossas carências, precisassem de outros lugares para habitar. Minha necessidade de encontrar Rodrigo seria carência ou compaixão? Não. Não é carência. Penso em Rodrigo mesmo quando estou com Joaquim e, agora, com Nina. Tenho pena e não consigo deixar de imaginar como ele está. Espero que esteja bem.

Nina volta e saímos em seguida pela porta do albergue. É noite do lado de fora, as luzes das ruas estão todas acesas. Seguimos as setas pela cidade, quase em modo automático. Rodrigo estava certo. Com o tempo os olhos aprendem a encontrar as setas amarelas. E o corpo também aprende a ter calma.

Cruzamos uma praça, que parece um centro de bares e compras. Gatos e cachorros nos ignoram. A vida passa todos os dias por aqui, numa rotina que nos deixa quase invisíveis aos que habitam essas terras. Somos muitos, mas é como se fôssemos os mesmos. Com mochilas e bastões, marchamos na mesma direção, no mesmo horário, durante todo o ano, quase como zumbis rumo a Santiago.

Nina e Joaquim conversam sobre a Espanha e sobre os movimentos separatistas. Basco, Joaquim é a favor da separação da Catalunha. Nina, de Madrid, é contra. Discutem por alguns minutos, enquanto saímos da cidade. Joaquim conversa como um diplomata, ouve Nina e concorda com seus argumentos, mas não deixa de expor seu posicionamento contrário, do seu jeito, com muita elegância e cuidado. Desculpa-se com Nina várias vezes antes de contrariá-la. Ouço a conversa enquanto deixo meus olhos caírem sobre as últimas casas do povoado.

Nos despedimos de Carrión às sete da manhã. O sol começa a acordar atrás de nós enquanto pisamos na estrada de chão.

— Daqui até a próxima cidade são dezessete quilômetros. Não há nada até lá. É o trecho mais longo sem nada de todo o Caminho — alerta Nina.

— Como está o seu pé, Luca? — pergunta Joaquim.

— Está melhor. A bolha não me incomoda tanto. Só as pernas que continuam a doer. Acho que porque ainda estão frias. Logo esquentam e ficam melhores.

— Vá com calma. E se precisar, não hesite: pare um pouco para descansar. Quem sabe você não descansa por um dia inteiro? Essa pausa pode te ajudar muito — completa Nina.

Penso sobre o que Nina diz. Se eu pudesse parar por, ao menos, um dia e depois voltar seria ótimo. Mas tenho poucos dias disponíveis para fazer o Caminho. Se parar, talvez não consiga chegar a Santiago a tempo de pegar o voo de volta ao Brasil. Além disso, eu perderia o contato com eles, meus amigos. Espero que eu não precise parar. Enquanto penso, uso os bastões com mais força. Estamos num ritmo bom. Joaquim não tem pressa, apesar das pernas inquietas. Acompanhamos os passos lentos de Nina, uma velocidade agradável para mim. Espero que as dores diminuam quando o sol raiar e o corpo aquecer. O sorriso de Nina também amolece a dureza da jornada. Só não diminui minha preocupação com Rodrigo.

🐚

Às nove da manhã encontramos uma tenda, armada à margem da estrada de chão, embaixo de árvores, no meio do nada. Ainda nos faltam mais de duas horas até Calzadilla de la Cueza, a primeira cidade do dia. Esse lugar, possivelmente, é a nossa única opção de café até lá. Decidimos parar por quinze minutos para descansar um pouco e esticar os músculos.

A tenda é bem simples, como a maioria no Caminho. São mantidas por moradores da região, que ganham seu pouco dinheiro ajudando peregrinos, sobretudo em trechos como esse de hoje, onde não há nada por muitos quilômetros. A sombra do local vem das próprias árvores. Um carro com uma carreta engatada é o responsável por trazer as mesas, cadeiras e comidas para esse lugar abandonado. A simplicidade esconde o cuidado que o dono tem de oferecer frutas frescas e quitandas quentes, possivelmente preparadas durante a noite. Nas poucas mesas, cinco ou seis espalhadas pelo gramado, grupos de peregrinos dividem suas comidas. Olho com atenção e identifico Eva e Maik, os amigos alemães que me ajudaram com as dores há dois dias. Vou até eles sem que me vejam:

— Vou ter que multá-los por excesso de velocidade.

Quando me vê, Eva se levanta e me dá um abraço. Maik interrompe a golada no café e me cumprimenta em seguida.

— Que bom te ver aqui, peregrino. Como estão suas pernas? — Eva pergunta.

— Depois de sua ajuda, quase novas. Apesar de ainda sentir muitas dores, suas dicas de alongamento têm me ajudado bastante. Sempre que paro, repito os movimentos. E vocês, como estão?

— Ótimos! — Eva responde enquanto sorri para Maik. — Fazer o Caminho pela segunda vez é uma experiência tão interessante quanto a primeira. Falávamos disso agora, que estamos vivendo tantas surpresas quanto vivemos há cinco anos. Nada se repete no Caminho, e tudo que acontece parece mágico, colocado especialmente para nós. Até as pessoas, elas são bem diferentes umas das outras, então as histórias que vivemos aqui são sempre novas.

— Nós também fazemos parte da história que vamos contar do Caminho — emenda Maik. — Isso é muito bonito. Estamos abraçando cada história que passa por nós. A única coisa que não muda é a dureza. Não é fácil caminhar tanto. Tem dias que o corpo não quer, mas a gente precisa caminhar. Tem dias que ele está melhor. Hoje estamos bem, cuidando das bolhas, dos joelhos, como todos aqui.

— É verdade! Que bom revê-los. Pensei em vocês nesses dois dias. Queria encontrá-los de novo. É engraçado como a gente mal se conhece, mas se apega tão rápido. É a minha primeira vez no Caminho, meus primeiros dias, mas já sinto isso que vocês falam. Aliás, estou com novos amigos, Nina e Joaquim, espanhóis. — Aponto para a mesa onde meus amigos estão. — Eles também têm me ajudado bastante. Vocês vão para Terradillos?

— Isso! — responde Eva. — Não é um trecho tão curto, mas também não é igual ao de Hontanas. São vinte e seis quilômetros. A parte mais difícil é esse trecho longo, sem nada.

— Aproveite para descansar e comer um pouco, Luca — completa Maik.

— Sim. E me alongar... o bom é que se eu estiver fazendo algum movimento errado, vocês já me corrigem — brinco e me despeço dos dois com outro abraço.

Caminho até a mesa onde Joaquim e Nina organizam seus cafés. Encosto a mochila no pé da mesa e sigo para a bancada de comidas. Peço meu café e pego um croissant. Enquanto pago, reflito sobre o que disseram, sobre as surpresas do Caminho, de abraçar as histórias que vivemos. Sinto uma dor, que não é nos músculos das pernas, é no peito. Penso em Rodrigo outra vez. É uma dor de quem não devia tê-lo deixado partir sozinho. Será que ele é a história que eu deveria abraçar?

— Eu preciso encontrar Rodrigo — digo a Nina e Joaquim, assim que volto à mesa.

— Você vai encontrar — Joaquim responde de imediato. — Nós vamos te ajudar.

Nina confirma com um aceno de cabeça.

Continuamos o Caminho por mais oito quilômetros até chegar a Calzadilla de la Cueza. Uma vila tão pequena quanto abandonada. De longe, avistamos um bar e galpões enormes. Seria uma cidade-fantasma, se não fossem os peregrinos caminhando pela rua principal do povoado.

Chegamos exaustos do sol. Mais um dia quente e seco no Caminho. O relógio marca onze e quarenta quando entramos no bar. Outra vez somos surpreendidos pela boa temperatura no interior do estabelecimento. Impressiona-me a estrutura que é oferecida aos peregrinos. Os bares, os albergues, as lojas, tudo é muito bem cuidado para nos receber com conforto.

Sentamos na primeira mesa livre que avistamos. As mochilas estão do lado de fora, como de costume. Ninguém fala nada, pois o calor e o cansaço roubam até nossa energia para falar. Minutos depois, Joaquim se manifesta:

— Luca, veja! Eles têm melancias. São ótimas para reidratar e recompor a energia. Vou buscar um pouco para nós. — Joaquim sai rumo ao balcão do bar.

As dores nas pernas voltam a me maltratar. Sinto-me refém delas, pois não consigo tratá-las. Quando pareço melhor, elas voltam ainda mais fortes. A generosidade de Nina e Joaquim, de me acompanharem nesse trecho, é o que mais me ajuda. Caminhamos mais lentos que os demais, mesmo que os dois estejam em estado melhor para seguir rápido. O ritmo me ajuda a poupar os membros inferiores. Mas, ao mesmo tempo, nos deixa expostos por mais tempo ao sol. Todos alertam para evitar ao máximo a caminhada após o meio-dia. No verão, o calor não perdoa uma alma.

Nina é uma alma derretida. Não esboça dor, mas a água jorra de todo o seu corpo. Com uma toalha pequena de mão, enxuga-se o tempo todo. Também usa um chapéu de palha grande, que ajuda a proteger a cabeça do sol. Tem as bochechas vermelhas de cansaço. O que nunca muda em Nina é o seu olhar terno. Sempre que me olha, tem um semblante alegre, esperançoso. E é atenciosa:

— Mais alguns dias e vai se sentir como novo. Você vai ver — afirma ela, enquanto massageio minhas pernas com as mãos.

Joaquim chega com as melancias. Um tanto suficiente para alimentar dois de nós. Nina ri. Sabe que metade é só dele, uma máquina de caminhar e de comer.

— Comam. Está deliciosa! — nos convida Joaquim para saborear a travessa que coloca sobre a mesa.

— Nina. Por que veio fazer o Caminho? — pergunto curioso, enquanto comemos.

— Pelo mesmo motivo da metade dos peregrinos — responde em tom de brincadeira.

Joaquim me olha atento, como se esperasse que eu entendesse o motivo, mas não compreendo. Os dois riem. Parece que só eu não sei o motivo da graça.

— É estatística. Grande parte dos peregrinos que vêm para o Caminho estão com algum problema na relação, tentando se divorciar ou divorciados há pouco tempo. O resto é de devotos, fiéis, pagadores de promessa ou jovens aventureiros como você, Luca — explica Joaquim, enquanto se diverte com Nina.

— Aventureiro? Você notou pelo meu jeito de andar? — brinco. Volto a Nina. — Então você é casada?

— Não. Divorciada. Fui casada por dez anos. Separei-me no começo deste ano e decidi que faria o Caminho neste verão.

Por isso estou aqui. Essa jornada é, oficialmente, o meu rito de passagem entre a vida de casada e a de solteira. Ou melhor, divorciada — diverte-se. — E você? Se não é aventureiro, por que decidiu chegar a Santiago andando? Não é pela fé. Ou é?

— Não. Na verdade, cheguei sem querer ao Caminho. Quando li sobre a jornada, gostei e resolvi fazê-la. Será que eu preciso de um grande motivo para estar aqui?

— Não é uma questão de precisar. É que sempre tem um motivo. Por mais que você não o enxergue agora, no fundo, há um motivo.

Nossa prosa demora mais um pouco. Quando vamos pagar, Joaquim nos avisa que já está pago. Um oferecimento do amigo basco. Saímos do bar em direção à rua principal. Em frente ao café, o único albergue da cidade está aberto. Peço a Nina e Joaquim que me esperem, enquanto entro no estabelecimento. Sou recebido por uma senhora bem mais velha.

— Bom dia! — a senhora fala comigo. — Procura por cama?

— Bom dia! Não. Na verdade, procuro por alguns amigos. Espero que possa me ajudar a encontrá-los. Eles se chamam Rodrigo e Sol. Você pode me informar se algum deles se hospedou por aqui de ontem pra hoje?

— Claro. Não vai ser difícil saber. Ontem tivemos só três peregrinos. Um minuto...

A senhora busca o livro de registros e começa a procurar pelos nomes. Passa o dedo pelas linhas do caderno, uma a uma.

— Rodrigo de quê? — pergunta.

— Não sei o sobrenome, nos conhecemos há poucos dias, mas, se ajudar, é um peregrino brasileiro.

— Sim. Um Rodrigo do Brasil se hospedou aqui ontem. Aliás, pelo horário do registro, ele chegou bem tarde.

— É ele! Possivelmente ele chegou mais tarde porque caminhou mais do que os outros. A senhora sabe se ele está por aqui?

— Não! Não está. Os três saíram bem cedo. Ele e mais um casal muito simpático. Pelo que ouvi, iam a Sahagún.

— A senhora pode me informar o nome do casal?

— Sim! Deixa eu ver... Rose e Jinez.

— Também são meus amigos. Que bom! Muito obrigado pela ajuda.

Fico feliz de saber que Rodrigo está com Jinez e Rose. Olho no aplicativo do meu celular, Sahagún está a vinte e três quilômetros daqui. Não consigo alcançá-los hoje. Mal sei se consigo chegar a Terradillos de los Templarios, nove quilômetros adiante.

Saio pela porta carregando minha felicidade comigo. Joaquim e Nina me aguardam em uma sombra, do outro lado da rua.

— Está tudo bem? — Nina me pergunta.

— Sim.

— Procura por Rodrigo?

— Sim. Ele esteve aqui ontem. Ele, Jinez e Rose, um casal de amigos. A senhora me disse que foram para Sahagún.

— Que animados!

— Ou desesperados... — completo.

— Com o quê? — pergunta Nina.

— Com nada. Esquece. Espero que eles estejam bem. Vamos!

🦪

Caminhamos por mais nove quilômetros até avistar nosso destino. Na verdade, o que vimos de longe é um albergue à beira da estrada, à nossa esquerda. Mais à frente, a uns duzentos metros, a pequena cidade de Terradillos de los Templarios se apresenta muito pequena e discreta. Nos aproximamos com calma do albergue. Joaquim e Nina estão à frente, eu, atrás, com minhas pernas machucadas. Um letreiro gigante na fachada anuncia: Albergue Los Templarios.

O lugar parece uma fazenda. Passamos pelo portão e seguimos rodeados por grama verde, destoante da paisagem seca que enfrentamos até aqui. A porta está fechada, mas uma placa anuncia que o albergue está aberto. Nina empurra a porta, entra e suspira quando vê que o albergue é refrigerado. Não temos dúvida de que será nosso refúgio nesse dia insuportavelmente quente. Nina e Joaquim estão no guichê, colhem informações de camas disponíveis e preços. Sento-me numa espécie de sofá-cama na recepção. Noto que a hospitaleira me olha e aponta para minhas pernas:

— Você precisa botar suas pernas para cima. Vá para o quarto, tome uma ducha... Vai se sentir melhor. Depois você volta para fazer o registro e almoçar. Temos ótimas poltronas para descansarem enquanto preparamos a comida pra vocês.

Agradeço a generosidade. Outra ajudante me acompanha até o quarto. Atravesso um corredor com várias portas dos dois lados. O albergue tem opções distintas, com quartos individuais, duplos e quádruplos. Os mais privados são mais caros, mas são ótimos para quem prefere ou precisa de privacidade. Nosso quarto é para oito peregrinos. Algumas camas estão ocupadas com sacos de dormir, mas não há ninguém no local.

— Estão todos na cidade. Chegaram mais cedo, almoçaram e foram conhecer o povoado — explica a ajudante. — A sua cama pode ser essa aqui embaixo. É melhor para suas pernas.

— Obrigado. Os meus amigos também podem ficar por aqui?

— Claro. Essa cama de cima e essa do lado estão disponíveis para vocês. Bom descanso! — Ela se retira do quarto.

Enquanto preparo minha sacola para o banho, Nina e Joaquim chegam ao local. Eles mal falam, de tão cansados. Todos seguem o ritual de estender os seus sacos de dormir sobre a cama e partir para as duchas.

— Que tal dividirmos a máquina de lavar? Hoje não estou a fim de esfregar minhas roupas nas mãos — propõe Nina.

Sem pensar duas vezes, eu e Joaquim concordamos. Nina organiza nossa trouxa de roupa suja e, antes de ir para o banho, deixa-a na recepção. Combinamos de nos encontrar em meia hora, no restaurante ao lado do guichê.

🜚

— A comida está maravilhosa — comento enquanto mastigo.
A verdade é que é difícil achar a comida ruim quando se está com tanta fome. O corpo, aqui na jornada, é insaciável. Tudo que desce pela garganta tem o sabor da fome que sentimos. O vinho que acompanha as refeições é o anestésico do corpo.
Nina e Joaquim decidem ir para o quarto assim que terminam o almoço. Resolvo gastar mais um tempo no local. Estou com os pés sobre a cadeira, numa tentativa de melhorar a circulação e diminuir os espasmos nas pernas. Meus amigos se despedem enquanto penso na minha jornada. Rodrigo não sai da minha cabeça. Escuto uma voz: "Rodrigo precisa de você". Olho para o lado, não vejo ninguém. A voz vem de dentro de mim. Sou eu, dizendo a mim mesmo para não desistir de Rodrigo. *Eu não vou desistir.* Até que minhas pernas consigam me ajudar, vou procurá--lo. E quando nos reencontrarmos, não vou mais deixá-lo seguir sozinho enquanto não estiver melhor. Ou com Sol.
Depois de uma hora na posição em que Nina e Joaquim me deixaram, sigo para o quarto. Caminho devagar até encontrar minha cama. Joaquim está no beliche de cima, Nina está na cama ao lado. Ambos dormem como pedras.

🜚

Em Terradillos, mal consigo sair da cama. Acordo do cochilo assim que a noite entra pela janela do quarto. Nina e Joaquim estão acordados, ainda deitados nos beliches. Cochicham enquanto abro meus olhos.

— Como estão suas pernas, Luca? Melhores? — pergunta Nina.

— Sinto muita dor, agora nas duas. Tomei meus remédios antes de deitar, vou tomar outra rodada mais tarde.

— Luca, eu estava conversando com Nina... Achamos que você precisa parar para descansar, ao menos um dia — diz Joaquim, me olhando de cima do beliche.

— Sim. Se você não parar um pouco, pode ser que não consiga chegar a Santiago — completa Nina, enquanto se levanta e se senta na minha cama. — Eu tenho feito isso no Caminho e está me ajudando bastante.

Interrompo Nina:

— Eu entendo a preocupação de vocês. E agradeço. Mas tenho poucos dias para chegar a Santiago. Não posso parar. Se paro um dia, tenho que andar ainda mais no dia seguinte para compensar.

— Calma! — Nina apoia sua mão no meu peito e continua. — Você pode fazer assim: em vez de ficar aqui nessa cidade, amanhã cedo você pega um ônibus ou um táxi daqui para o nosso próximo destino. Aí você descansa um dia, mas não deixa de seguir o Caminho com os dias que têm planejado. Você poupa suas pernas e ainda segue o Caminho, entende? É como se tivesse caminhado, não perde nenhum dia... Mas você precisa descansar, Luca.

A sugestão de Nina é interessante, mas ainda me incomoda. Quero caminhar. Não quero pegar um ônibus e viajar pela Espanha. Eu vim fazer o Caminho. Quero caminhar com eles. E preciso encontrar Rodrigo.

— Obrigado pela ajuda. Eu vou descansar esta noite, tomar mais remédios e amanhã de manhã vejo como acordo. Se estiver bem, eu caminho. Se não, sigo a sugestão de vocês.

— Está bem. Mas não seja cabeça-dura. Isso aqui não é uma competição. Você não tem que provar nada para ninguém. Descobrir seu limite também faz parte do Caminho — completa Joaquim, enquanto desce do beliche para ir ao banheiro.

— Vamos jantar? Parece que já é hora. Dormimos bastante, não? — mudo de assunto.

Em poucos minutos, estamos na cozinha, sentados à mesma mesa da tarde. Joaquim observa o noticiário na TV, enquanto Nina conversa com a hospitaleira do albergue. É ela que anota o nosso pedido.

— Amanhã nós vamos para Bercianos del Real Camino — comenta Joaquim.

— E o que tem lá? — pergunto curioso.

— Bom, parece que a cidade é como esta, pequena e quase abandonada. Mas ouvi relatos bonitos do albergue paroquial. Dizem que é um lugar especial. Não sei exatamente por que, mas gostaria de descobrir. O que acha?

— Acho uma boa. Como ele se chama? — pergunto a Joaquim.

— Albergue Paroquial Bercianos del Real Camino.

Anoto o nome do albergue no celular, caso nos distanciemos amanhã.

Jantamos, falamos do próximo dia, sobre a cidade em que vamos dormir. Joaquim conta para Nina sobre o albergue paroquial. Espero estar melhor amanhã para chegar a Bercianos, viver essa experiência e, quem sabe, ter notícias de Rodrigo.

Ficamos por quase duas horas entre comida e conversa, até voltarmos aos quartos. Tomo meus remédios, arrumo minha mochila, vou ao banheiro, volto à cama e me deito. Escuto os peregrinos organizarem suas sacolas, ouço as conversas e sinto as pernas latejarem. Elas não param de me dar sinais de desgaste. Começo a ficar preocupado de verdade. O Caminho é muito mais duro do que eu pensava. O que Joaquim me disse mais cedo ainda ecoa no meu pensamento. Talvez eu precise de um descanso maior. Só não quero perdê-los.

De repente, sinto um arrepio no corpo, como o que senti na igreja e na saída do bar depois de Hontanas. Meu corpo estremece, sinto as pernas e os braços formigarem. De dentro de mim, uma maré de energia jorra para fora. Viro-me para a parede e começo a chorar. Esforço-me para que ninguém perceba o que acontece comigo. Choro como se as minhas dores estivessem sendo expulsas de mim. Choro de dor, de saudade, de desespero de pensar em não chegar a Santiago. Choro por Rodrigo, por Nina, por Joaquim e por todos os peregrinos que se entregam ao Caminho. O momento dura um minuto, mas parece uma noite. Aos poucos, meu corpo se acalma, relaxo os músculos, meus olhos se fecham e durmo. Ou flutuo. Não sei.

Às vezes, o nosso vazio

só se preenche

com um pouco mais

de nós mesmos.

Reencontros

Joaquim me acorda às seis da manhã. Ele e Nina já estão de pé, quase prontos para sair. Nina arruma a mochila no corredor, do lado de fora. Levanto-me e sinto dores nas pernas enquanto caminho até o banheiro. Na volta para a cama, antes de retirar minha sacola do quarto, lembro-me da noite anterior, dos arrepios, do choro... *O que será que está acontecendo comigo?* Apesar das dores, sinto-me leve. Pego minha sacola de remédios e tomo mais uma rodada de analgésico e anti-inflamatório. Saio para o café da manhã no bar do albergue. Em trinta minutos, estamos do lado de fora, alongando o corpo, encaixando a mochila nas costas e ajustando os bastões.

O Caminho estava escuro quando deixamos Terradillos de los Templarios.

— Hoje o dia vai ser curto. Vinte e três quilômetros até Bercianos. Vamos com calma, ok? — avisa Nina, enquanto olha para as minhas pernas.

Fico feliz com o percurso de hoje. E com a preocupação de Nina. É o dia mais curto que faço desde que cheguei. O que me preocupa são as dores. As pernas ardem como se eu já tivesse caminhado um dia inteiro. Tenho dificuldades para dobrá-las. Meu jeito de andar é arrastado. Joaquim me olha e desacelera ainda mais os passos.

— Eu não imaginava que o Caminho fosse tão duro — desabafo.

— Você não é o único que se surpreende com a dureza do Caminho — comenta Joaquim. — Muitas pessoas que vêm não imaginam o que vão enfrentar. Mas, veja, essa é a graça de vir. A surpresa. Se a gente soubesse o que iria viver por aqui, que graça teria? É como a vida, ninguém nunca sabe o que vai acontecer no dia seguinte. Por mais curta que às vezes ela seja, a vida é uma grande jornada. Ou uma jornada grandiosa. O Caminho é grandioso. Por isso não devemos mirar no seu fim. Devemos viver cada dia, cada passo, cada encontro, cada dor, com todo o nosso amor. — Ele para de falar por alguns segundos antes de concluir: — O Caminho não te leva a Santiago. Ele te leva a si mesmo. Por isso, por menor que ele seja, é sempre uma jornada grandiosa. É sobre encontrar a si mesmo.

— Joaquim, você é nossa luz! — brinca Nina admirada com o que Joaquim fala.

— Eu dormi pensando no que me disseram ontem à noite. Talvez, quando chegar a León, eu pare por um dia ou dois para descansar — digo enquanto me olham atentos. — Posso dizer mais? Obrigado pela companhia. Se não fosse por vocês, talvez eu já tivesse desistido. Agora, quero muito reencontrar Rodrigo, quero saber como ele está. Mas também não quero me perder de vocês.

— Bom, depois de León, você pode me encontrar em Bilbau — Joaquim se diverte. — Este ano meu Caminho termina em León. Ano que vem eu volto para chegar até Santiago.

— Mesmo? A minha companhia você pode ter, Luca — afirma Nina. — Quero chegar a Santiago. Como não tenho pressa, vamos com calma. Mas você ainda vai encontrar vários amigos por aqui. Seu Caminho só está começando. Eu, quando comecei, conheci um grupo de italianos e caminhamos por alguns dias juntos. Foi bem divertido. Até que fiz minha primeira pausa e eles se foram. Mas deram lugar a outras pessoas, outros amigos de vários lugares do mundo. Isso é muito bom, poder conhecer as pessoas, escolher as que você quer seguir por mais tempo e deixar outras irem. Conheci Rodrigo nos primeiros dias e, veja, não estamos mais juntos, mas conheci você e Joaquim. Isso me encanta. Essa surpresa de não saber como o próximo dia vai ser, quem você vai conhecer, quem você vai deixar ir embora. Estou feliz de ter conhecido vocês. Mesmo! O Caminho, como Joaquim disse, é uma grande surpresa... Como a vida — completa Nina.

Nossa conversa dura mais de uma hora e me distrai das dores. Como é bom conversar com Joaquim e Nina. Eles me acalmam. Cada um do seu jeito. Joaquim é um senhor alegre, de muita energia. E Nina tem o frescor e a beleza da juventude. É primavera nesses dias quentes de verão.

Passamos por duas pequenas cidades, Moratinos e San Nicolás del Real Camino, fazemos pausas breves em cada uma para alongamentos e hidratação. Minha caminhada, mesmo lenta, começa a me preocupar mais do que gostaria. Agora, Joaquim segue um pouco à frente de mim e de Nina. Um percurso que demoraríamos três horas para cumprir, terminamos em quatro horas e meia. Às onze, avistamos Sahagún, a cidade onde Rodrigo, possivelmente, dormiu na noite anterior.

— Nina, estou pensando uma coisa. Talvez seja melhor eu pegar um táxi daqui de Sahagún para Bercianos. Minhas pernas estão me matando...

— Sim. Faça isso, Luca. Não tenha vergonha de parar quando seu corpo pedir. Já estamos chegando. Você se senta em um café e então chamamos um táxi. E nos reencontramos em Bercianos. Faltam só dez quilômetros, chegamos em seguida.

Assim que comento com Nina, entramos em Sahagún e, na primeira curva à direita, avistamos Joaquim, que conversa com outra peregrina.

— Luca, venha! — Joaquim grita de longe quando nos vê. — Téia vai te ajudar!

Não entendo o que Joaquim quer dizer com "vai te ajudar". Nos aproximamos dos dois e Joaquim continua:

— Téia está fazendo o Caminho com o marido. Só que ela se machucou e agora o acompanha de carro. Eles alugaram um carro. Então, ele caminha, enquanto ela dirige até a cidade onde vão dormir. E, hoje, eles também estão indo para Bercianos. Contei de você e ela te ofereceu uma carona.

— Venha comigo. Você precisa cuidar das suas pernas ou vai terminar como eu, dentro de um carro. É bom que ainda me faz companhia. Se o Caminho de carro já é entediante, imagina sozinha — completa Téia.

Fico feliz e assustado com a coincidência. Nina me olha com surpresa, dá de ombros e sorri:

— São acasos do Caminho, Luca. Não precisam ser explicados. Apenas vividos.

— Eu aceito. Obrigado, meus amigos. Téia, você tem companhia!

Ainda conversamos um pouco antes de me despedir de Joaquim e Nina. Depois, eu e Téia seguimos de carro para Bercianos del Real Camino. Na saída de Sahagún, avisto o albergue municipal da cidade, lembro-me de Rodrigo e decido arriscar:

— Téia, você pode parar um minuto nesse albergue? Preciso de uma informação aqui.

— Claro! Não temos mais pressa agora.

Agradeço a gentileza. Téia se aproxima do albergue, para o carro na entrada, desço e sigo para a porta do refúgio, que está fechada. Viro a maçaneta e a porta se abre. Entro e sou avisado por um voluntário que o albergue ainda não abriu.

— Sim. Desculpa! É que preciso de uma informação. Você pode me ajudar?

— Pois não? — responde o voluntário.

— Há dois dias, mais ou menos, me perdi de um amigo. Ele se chama Rodrigo, é brasileiro. Gostaria de saber se ele passou por aqui esta noite. Qualquer notícia dele seria bem-vinda.

— Ok. Vamos ver — responde enquanto caminha para uma mesa onde está o caderno de registro de Peregrinos. — Rodrigo... Rodrigo... Rodrigo... não. Parece que nenhum Rodrigo passou por aqui esta noite.

— Você tem certeza?

— Sim. Se não está aqui no livro, então ele não dormiu neste albergue. Fazemos o registro de todos que chegam. Mas pode ser que ele tenha dormido em outro albergue da cidade. Você já olhou no monastério ou no albergue privado?

— Ainda não... Bom, vou olhar. De toda forma, muito obrigado pela gentileza.

Lembro-me da dificuldade de reencontrar um amigo perdido no Caminho. Esse é o drama de Rodrigo. As possibilidades são inúmeras. Por mais perto que um amigo esteja, a busca é quase um jogo de sorte.

Volto ao carro. Téia pergunta se está tudo bem. Digo que sim, que procurava uma pista de um amigo que quero reencontrar.

— E encontrou?

— Não.

— Que pena! Não desanime. Logo vocês se reencontram. O Caminho vai cuidar desse reencontro, você vai ver.

Chegamos bem rápido à cidade. Um percurso que faríamos em, no mínimo, duas horas de caminhada cumprimos em dez minutos dentro do automóvel. O Caminho de carro é um passeio muito curto. A jornada completa, para peregrinos como Nina, que fazem o percurso desde a França, pode durar até quarenta dias. De carro é possível fazê-lo em dez horas.

Téia é bastante simpática. Mesmo com meu espanhol-português, conversamos bastante nesse curto espaço de tempo. Ela é professora. Seu marido, um militar aposentado.

— Você vai conhecê-lo. É uma pessoa doce e amável.

Chegamos à porta do albergue às onze e meia.

— Luca, o albergue só abre daqui a uma hora e meia. Vou aproveitar para conhecer a igreja. Quer vir comigo?

— Eu gostaria, mas é melhor não gastar mais minhas pernas agora. Vá. Eu me sento por aqui na escada até o albergue abrir.

— Tem certeza?

— Sim. Não se preocupe comigo, Téia. Vou ficar muito bem aqui.

— Tudo bem. Não demoro.

Téia me ajuda com a mochila e os bastões, se despede e volta para o carro. Acomodo-me na escada em frente à porta do albergue, enquanto o carro se perde nas ruas de Bercianos. O refúgio é antigo: um pequeno prédio de um andar, de cor marrom e construção velha. Um abandono bonito de contemplar.

Assim que me sento, escuto barulhos que vêm de dentro da hospedaria. A maçaneta se mexe e a porta de madeira abre devagar. Uma mulher espia de dentro e me vê.

— Você chegou um pouco cedo, peregrino! Estamos terminando de arrumar. Daqui a duas horas abrimos.

— Não se preocupe! Estou bem aqui. Vim de carro com uma amiga, por isso cheguei tão cedo. Uns probleminhas me fizeram chegar mais cedo do que gostaria — brinco.

— Que probleminhas? — pergunta curiosa.

— As pernas. Meus probleminhas estão todos nela.

— Ah! Nesse caso, você entra! — convida-me a hospitaleira enquanto abre toda a porta.

— Não! Não precisa. Eu espero aqui de fora.

— Por favor, entre! — enquanto fala, aponta com os braços para o interior do albergue. — Nós não abrimos para peregrinos que chegam mais cedo porque ainda estamos arrumando o albergue. A não ser que estejam machucados. É uma regra do Caminho, de não deixar peregrinos machucados do lado de fora. Então, por favor, venha! Sente-se aqui dentro. Além do mais, logo vai começar a chover.

Olho para o céu e vejo uma nuvem negra bem próxima da cidade. Entro, sem deixar de pensar nos meus amigos, que devem demorar a chegar. Assim que entro, recebo um abraço carinhoso da voluntária. Ela pega minha mochila, meus bastões e me convida a sentar nas cadeiras da cozinha.

— Ainda estamos limpando o albergue, mas você pode ficar aqui na cozinha, enquanto termino a arrumação.

— Por favor, eu não quero incomodar.

— Você não incomoda. — Ela me olha com um sorriso muito terno. — Você está machucado. Fique sentadinho aí, que terminamos em breve. Assim que a faxina lá em cima acabar, você sabe, toma seu banho e descansa.

Quando tento agradecer o carinho, a voz não sai. Vejo que ela me olha enquanto começo a chorar. Abaixo a cabeça de vergonha, mas não consigo segurar as lágrimas.

— Não precisa ter vergonha. Chorar faz bem. — Enquanto larga a vassoura que usa para limpar a cozinha, senta-se ao meu lado e coloca seu braço sobre meus ombros. — Esse trecho que está fazendo é o mais duro. Orgulhe-se de chegar até aqui.

Em vez de me acalmar, um rio deságua dos meus olhos. Doem as pernas, dói a saudade, dói o medo de não conseguir mais voltar para o Caminho. Arrisco um pedido de desculpas, mas perco o controle do meu choro. Ela continua:

— O choro ajuda a curar suas dores. E deixa você ainda mais forte. — Ela consegue arrancar um riso de mim. — Você não é o único que chora quando chega a Bercianos. Essa cidade tem o histórico de fazer as pessoas se emocionarem bastante. Você vai ver.

Recebo um abraço como quem toma um remédio. O medicamento me acalma. Depois de alguns minutos de choro, sinto-me melhor. Ela continua a organizar a cozinha quando outra hospitaleira chega ao ambiente e avisa que o piso de cima está pronto. Sou convidado a subir, não sem antes receber outro abraço. Fico sensibilizado com o carinho que recebo. Choro mais uma vez, agora em outros ombros. Da escada, ela me mostra onde devo deixar os meus tênis quando retirá-los. Acompanha-me até o quarto com a minha mochila nas mãos.

Depois de me mostrar onde ficam as duchas e os banhos, indica minha cama.

— Tome seu banho e deite-se um pouco. Vai se sentir melhor quando acordar. Enquanto isso, terminamos de preparar o albergue para receber seus amigos, que devem chegar em breve.

Despede-se de mim e desce para ajudar as outras hospitaleiras. Escolho uma cama do canto, próxima à porta. Arrumo meus itens sobre o colchão, separo uma calça de moletom para depois do banho e vou para as duchas. O banho é curto. Aprendo aos poucos a economizar o máximo de água para os próximos peregrinos. Volto para a cama, organizo minha mochila e me deito, rodeado pelo silêncio e por uma brisa fria que entra pela janela. Começa a garoar lá fora.

Acordo sonolento. Demoro a lembrar onde estou. O silêncio é absoluto no quarto. O frio que faz nesse ambiente é um sonífero natural. E raro. Sinto uma calmaria fora e dentro de mim. Lembro-me da crise de choro mais cedo. Estou em paz. E com a sensação de ter dormido uma tarde inteira. Olho no relógio, são uma e vinte da tarde. Respiro fundo na cama, estico o corpo antes de me sentar.

Escuto um ruído de vozes que vem do piso inferior. Não compreendo o que falam. É uma conversa de várias pessoas, em outras línguas. Ouço passos mais próximos. Alguém sobe as escadas. As pisadas são firmes, como de um peregrino com sua mochila. Os passos cessam.

— Luca! — grita Joaquim da porta do quarto, assim que me vê.

Minha felicidade ao reconhecer sua voz é grande. Sinto um alívio, que vem do medo que eu tinha de não reencontrá-lo. Começo a chorar mais uma vez. Joaquim solta sua mochila no chão, senta-se ao meu lado e me abraça. Nos olhamos entre um abraço e outro. Ele sorri para mim e seus olhos brilham, como se também fosse chorar:

— Você tem um bom coração, Luca.

Agradeço com um sorriso molhado. Não consigo falar. Ficamos sentados por alguns minutos até me acalmar.

— E Nina? — pergunto.

— Está lá embaixo fazendo o registro. Logo aparece. Você já almoçou?

— Não. Mas já tomei banho e dormi como uma criança.

— Que vida boa! Vou aproveitar que o albergue ainda está vazio para tomar uma ducha. Esperamos Nina e saímos juntos para almoçar. Combinado?

— Combinado!
— Você está bem?
— De algum jeito, eu acho que estou. Parece que não são só as pernas que sofrem com a dureza do Caminho. Tenho sentido uma emoção muito forte esses dias. Não é tristeza. Mas ainda não sei o que é... Você tinha razão sobre a carona, eu precisava dela. E você tinha razão sobre o albergue, eu precisava dele também.

Joaquim me olha com afeto. É um olhar de quem já viveu muito e sabe de coisas que eu ainda não sei. De repente, olha para a porta.

— Nina! Encontrei nosso dorminhoco! — Joaquim aponta para mim enquanto Nina entra no quarto.

— Luca! Você já está de pijama. Que vida boa!

— Sim! Eu já dormi uma eternidade esperando vocês. E como foram os primeiros a subir, suspeito que tenham corrido para me ver, pois estavam mortos de saudade.

— Podemos dizer que sim, que corremos bastante. Mas porque começou a chover. Alguns peregrinos pararam para colocar as capas de chuva. Eu e Joaquim resolvemos arriscar, apressamos o passo e conseguimos fugir da chuva. Uma corrida, mas claro que no fundo foi por você. Aliás, falando em você, está melhor?

— Agora que chegaram estou melhor. E com fome. Tomem logo seus banhos pra gente almoçar.

Conto a eles sobre meus choros. Joaquim insiste em dizer que sou uma pessoa sensível. Que só pessoas sensíveis se emocionam com esses pequenos gestos.

— Aqui, as preocupações são reduzidas e a nossa sensibilidade é aflorada. Não temos tantas roupas, o que diminui nossa dúvida com o que vestir. Com a fome, a escolha da comida também é simples, comemos de tudo. No Caminho, as pessoas também se assemelham muito umas com as outras, pois estão todos carregando uma mochila e suas dores — filosofa Joaquim.

— As nossas atenções estão nos detalhes mais simples.

Meus amigos estão cansados. Não sentem as mesmas dores que sinto, mas reclamam de cansaço. Cuidam das pernas, esticam-se, tomam remédios, analgésicos. No Caminho, a vida é simplificada, e eu penso que é isso que nos faz enxergar aquilo que não estamos acostumados a ver: o mundo das pequenas coisas. Dos pequenos gestos que, aqui, acabam sendo grandiosos, como um afago, um abraço, uma palavra esperançosa, uma atenção que a gente não espera receber. Se a vida fora do Caminho nos mostra como somos diferentes, no Caminho ela prova como somos iguais quando estamos na mesma condição. Somos todos peregrinos.

O dia está frio. Saímos rápido para o almoço, eu, Joaquim e Nina. A cidade é muito pequena e o restaurante fica logo atrás do albergue. Em uma hora estamos de volta ao refúgio para aproveitar a temperatura nas nossas camas. Para melhorar, enquanto voltamos, uma garoa fina começa a cair na cidade. Bercianos é mesmo o povoado das águas.

Na chegada ao albergue, uma grande surpresa: Jinez e Rose fazem seus registros no refúgio. Nos abraçamos com carinho. Rose tem comigo uma doçura parecida com a que uma mãe tem com seu filho. Quer saber como estou, como tenho passado meus últimos dias.

— As pernas não vão muito bem. No meio do trajeto de hoje senti dores demais. Mas o Caminho tem sido generoso, não posso reclamar. Cheguei aqui de carona, com uma amiga, a Téia. Estou triste por não conseguir caminhar tão bem, mas feliz com essas surpresas e reencontros. Reencontrar vocês é um grande motivo pra ficar feliz. Conte-me de vocês — peço ansioso.

— Que graça, Luca! Nós pensamos muito em você. Anteontem, chegamos bem tarde a Carrión de los Condes. Você sabe, nosso ritmo é um pouco lento. Não encontramos quarto duplo para ficar, então pegamos um táxi e fomos para a próxima cidade, Calzadilla de la Cueza. Inclusive, nos hospedamos no mesmo albergue do seu amigo, o Rodrigo.

— Mesmo? E como ele estava? — Não sei por quê, mas finjo que não sei que se encontraram.

— Nesse dia que o encontramos, ele havia caminhado quarenta e poucos quilômetros. Imagina... Uma loucura. Não há motivo para andar tanto em um só dia. Depois, no dia seguinte, ainda caminhamos mais um pouco até Sahagún.

— Ele estava com alguém?

— Não. Estava sozinho. Jantamos juntos, conversamos um pouco, falamos de você... Na verdade, ele falou bastante de você, de como se conheceram.

— O que ele falou? — pergunto com a expectativa de saber se falou sobre Sol.

— Que se conheceram em Burgos, no café. Que ele estava se sentindo muito só quando você apareceu.

Pelo que escuto de Rose, Rodrigo mantém sua história com Sol em segredo.

— Ele está aqui? — pergunto ansioso.

— Não. Ontem, antes de dormirmos, ele nos disse que iria para El Burgo Ranero. Queria encontrar uma pessoa... A cidade fica uns sete quilômetros adiante. Nós precisávamos descansar, então decidimos andar menos. E já descobrimos que mais tarde teremos uma ceia comunitária. Então, foi uma boa decisão. — Rose está animada.

Fico com Jinez e Rose no piso inferior enquanto terminam de fazer os registros. Joaquim e Nina já subiram para suas camas. Ter notícias de Rodrigo me deixa desperto. Estou feliz de saber que ele está próximo e que podemos nos reencontrar em breve. Mas me incomoda como Rodrigo esconde sua história de todos. Sua vontade de me ver pode ter a ver com isso, com a necessidade de falar sobre Sol. Ou com a esperança de que eu o ajude a encontrá-la.

Subimos juntos para o piso superior. Eles vão direto para as duchas, querem descansar para a ceia. Nos despedimos e sigo para a minha cama, devagar, com dores nas pernas e muitas dúvidas na cabeça. *Quando vou conseguir reencontrar Rodrigo?*

🐚

O dia em Bercianos demora a acabar. Quando acordamos do descanso, no fim do dia, as mesas da cozinha estão todas do lado de fora, na porta do albergue. Nossa ceia será com o dia se despedindo. As hospitaleiras preparam a comida com a ajuda de outros peregrinos que acordaram mais cedo.

Sentamos à mesa com a ceia já posta. Antes de começar a comer, as irmãs do albergue promovem uma oração e cedem espaço para quem quiser falar alguma coisa. Alguns peregrinos se manifestam, agradecem a estadia e se abraçam. Em seguida, avançamos nos pratos.

A comida está deliciosa. Almôndegas picantes com panelada de arroz e batatas cozidas. O vinho, à vontade, nos deixa mais alegres. Mas o mais bonito do jantar é ver a alegria dos peregrinos servida à mesa. A ceia comunitária é um momento para nos conhecermos e ouvir outras histórias do Caminho. Conheci um casal de alemães, que dormem cobertos pelas estrelas. Eles não estão hospedados no albergue. Preferem dormir nas ruas, em sacos de dormir, para viver uma experiência mais próxima da tradição.

Nina mantém-se ao meu lado durante toda a ceia. Ela mais escuta que fala. Gosto de como observa as pessoas, da sua voz baixa e calma, de como ouve as histórias com os olhos brilhando. Há um mistério em Nina que me agrada cada hora mais. Joaquim está animado. As hospitaleiras colocam uma música para tocar, um grande momento para Joaquim provar os seus dotes de dançarino. Ele dança com Téia, enquanto seu marido, o militar, assiste de longe, entre palmas e risos. Os peregrinos adoram a jovialidade de Joaquim. Ele parece uma criança exibida. Cada passo, uma pose diferente. Sua coluna ereta é mesmo de quem tem classe para a dança.

Depois da ceia, ainda subimos um morro próximo ao refúgio para nos despedirmos do último raio de sol do dia. As hospitaleiras carregam o som para Joaquim continuar o seu baile no morro. Ficamos no topo até a noite chegar. Fazemos uma foto com todos juntos. Uma junção de cores tão contrastantes quanto as nossas histórias. Somos tão diferentes, mas nos sentimos tão parecidos por aqui.

Nina se aproxima de mim enquanto observo o sol ir embora.

— Você parece melhor.

— Esse dia me fez bem.

— E suas dores?

— Acho que vou poupar minhas pernas por mais um dia. Estou pensando em não caminhar amanhã.

— Então você resolveu me escutar?

— Sim. Resolvi te dar uma chance — brinco com Nina. — Amanhã nosso destino é Mansilla de las Mulas? Será que sai ônibus daqui?

— Isso, Mansilla. Mas você pode pegar outra carona com Téia. Ela me disse que também vai para lá. Acho que quase todos aqui vão seguir para Mansilla. E depois, León. Estou ansiosa pra chegar a León.

— O que tem lá?

— Tem vida. Muita vida. León é uma cidade maior, muito bonita e gostosa de aproveitar. A comida é divina — Nina faz caras e bocas enquanto fala da comida de León. — Luca, não deixe de falar com Téia. Amanhã você relaxa um pouco mais e se prepara para León.

— Vou falar com ela quando voltarmos ao albergue. Preciso melhorar para voltar logo a caminhar com vocês.

Os peregrinos começam a voltar para o refúgio. As hospitaleiras são as últimas a deixar o morro. Nos convidam a voltar. Digo que já vamos, mas antes quero conversar um assunto com Nina.

— Quando você conheceu Rodrigo, no começo do Caminho, como ele estava?

Nina pensa antes de responder.

— Não me lembro muito bem. Nós não conversamos tanto, mas ele sempre pareceu meio triste. Se me recordo bem, ele disse que estava à procura de uma pessoa. Pelo jeito ainda não a encontrou...

— Ele disse isso a você? Que estranho!

— Alguma coisa assim... Não lembro. Por que estranho? — Nina me olha enquanto penso na resposta.

— Não. Por nada — desconverso. — Rose me disse que ele não está muito longe. Talvez nos reencontremos em León.

— Está tudo bem com Rodrigo? Posso ajudar com alguma coisa?

— Sim! Está tudo bem, não se preocupe. Acho que me confundi com uma história, mas é besteira, deixa pra lá — divago enquanto caminhamos de volta ao albergue.

Voltamos em silêncio. Penso no que Nina me disse sobre Rodrigo e estranho ela saber sobre a perda. Pela minha memória, Rodrigo se perdeu de Sol depois de conhecer Nina, não antes. Mas talvez eu tenha me confundido, ou talvez Rodrigo esteja confuso com as datas, não sei... É normal. Eu vi como ele estava mal, eu vi sua dor em Burgos quando se abriu para mim, quase pude senti-la. O que importa é saber como ele está e se precisa de ajuda para encontrar Sol.

Quando chegamos ao albergue, Joaquim está na porta conversando com um grupo de peregrinos. Ele aceita pedidos e repete alguns passos de tango, como se lhes ensinasse os segredos da dança. Subimos juntos para os quartos. Carlos, marido de Téia, me aborda antes de eu chegar à minha cama.

— Luca, amanhã, vá com minha esposa no carro. Nós também vamos a Mansilla. Seria ótimo que ela tivesse companhia até lá.

Fico feliz com o oferecimento de Carlos. Eu não esperava que um militar de quase dois metros de altura pudesse ser tão gentil. Aceito o convite e agradeço com um abraço. Organizo minha mochila, vou ao banheiro, escovo meus dentes e me deito, mesmo sem sono algum.

Meu celular está repleto de mensagens da família. Gravo uma mensagem de áudio para eles, falo do dia bonito que vivi. Preocupam-se com meus machucados, mas os acalmo contando sobre as gentilezas que tenho experimentado por aqui.

Cada peregrino tem uma história misteriosa, pronta para ser revelada. Quanto menos sei da história de Rodrigo, mais tenho vontade de reencontrá-lo. Sinto-me cúmplice da sua tristeza. E começo a abraçar essa minha missão de ajudá-lo como se fosse a minha grande missão do Caminho.

Durmo embrulhado na história do meu amigo. Ou no que ainda não sei sobre ele.

Tem beijo
que parece acidente.
Duas nuvens que se chocam
de frente.

Surpresa

Acordo às oito da manhã, no meio de um silêncio triste e com uma vontade quase incontrolável de caminhar. Mas já está decidido: a favor do meu corpo, hoje não caminho.

Todos os amigos se foram bem cedo. Eu e Téia aproveitamos a calmaria do albergue para tomar o café da manhã na cozinha, sem pressa e com a companhia das hospitaleiras. Uso boa parte do tempo para agradecer o carinho que recebi em Bercianos.

— Como eu precisava ter vindo para cá. Tudo que aconteceu aqui foi com tanto amor... A carona de Téia, a recepção carinhosa de vocês, os abraços, o choro e até o frio que fez ontem na cidade me ajudaram. Fiquei bastante emocionado, apesar de já ser um chorão. Mas só de pensar que vocês repetem essa rotina todos os dias, que logo outros peregrinos vão chegar e vocês vão ter que recebê-los como nos receberam, fico emocionado de novo. Muito obrigado por me ajudarem.

— Luca, esse também é o nosso Caminho. De alguma forma, nós todos nos ajudamos. Escolhemos vir para cá da mesma forma que você. Ninguém está aqui por obrigação, mas por vontade própria, uma convocação que acontece dentro da gente. Então, obrigada por compartilhar o seu Caminho conosco.

— Não começa! Ou vão ter que me aguentar chorando de novo... — brinco enquanto passo as mãos no rosto.

Nos abraçamos e, antes de sair para o carro, batemos uma foto, eu, Téia e as hospitaleiras. Na despedida, recebo um presente.

— Vimos que você não tem uma dessa. Então, essa é a vieira, o símbolo maior do Caminho. É um presente de Bercianos para você. Nos momentos mais duros, pegue a vieira e lembre-se de que estamos contigo. Você não está sozinho aqui. Nenhum peregrino está sozinho no Caminho de Compostela. — A hospitaleira mais velha me entrega o presente e me abraça.

Entramos no carro às nove da manhã. Na mochila, mais amor e vontade de caminhar.

🐚

Quando começamos a viver a jornada de Compostela, percebemos que ela é muito maior do que só caminhar. Todo passo que damos, seja com os pés ou com o coração, é um Caminho. Essa pausa nos meus passos me faz enxergar um pouco mais a beleza da generosidade, de quando as pessoas se colocam no lugar do outro, acolhem, se abraçam e se ajudam. O Caminho aproxima as pessoas pelo lado mais humano: o da dor. O cansaço, a saudade, a solidão, eles não nos deixam mentir. Estamos mais expostos quando estamos com dor, porque precisamos de ajuda. No Caminho, as mãos poupadas durante a caminhada servem para o afago, o carinho e o abraço.

É um aprendizado. Quando penso no carinho que recebi nessas últimas etapas, revigoro minha vontade de retribuir, de ajudar. E penso muito em Rodrigo. Ele precisa da minha ajuda, do meu apoio, do meu carinho. Sinto que posso ajudá-lo. Só que antes preciso encontrá-lo.

🐚

Chegamos a Mansilla de las Mulas próximo das dez da manhã. A cidade é pequena, mas bem maior que as anteriores. O comércio é completo, com supermercados, farmácias e até shopping para peregrinos. É um bom lugar para providenciar remédios e proteções extras para as pernas.

Téia para o carro em frente a uma farmácia. Desço com ela. Enquanto pega seus itens, converso com a atendente, que me dá dicas de remédios mais específicos para as dores e me recomenda o uso de compressores nos joelhos.

— Eles podem ajudar, mas só os utilize enquanto caminha, para não prejudicar seus movimentos. E alongue bastante as pernas.

Saio da farmácia com uma sacola cheia de promessas.

Ainda é cedo para fazer o registro no albergue. Téia me convida para uma volta de carro pela cidade, para conhecer um pouco mais do povoado. Saímos pela rua principal e enfrentamos um trânsito difícil, exagerado para uma cidade desse porte.

— Acho que chegamos no dia das festas — suspeita Téia.

Seguimos por vielas, devagar, e observo as construções. Todas as cidades por onde passamos são muito antigas. As cidades do interior da Espanha mantêm suas arquiteturas originais quase intactas. Não é raro encontrar prédios e igrejas em reformas. São patrimônios históricos preservados pelo governo espanhol.

Não encontramos a igreja de Mansilla, mas cruzamos uma ponte com um rio volumoso. Paramos para contemplar as águas, que seguem com força por seus caminhos. Como eu queria ter a força dessas águas para seguir meu curso sem parar, até Santiago.

Nosso passeio dura meia hora. Às dez da manhã, estamos na porta do albergue municipal, numa rua só de pedestres, uma viela com piso de paralelepípedos, que deixam o local mais bonito e convidativo ao descanso. Um bar em frente ao refúgio é nosso oásis temporário até as portas do albergue se abrirem. Sentamos. Téia pede um café, peço um suco de laranja e conversamos sobre amenidades.

🐚

Téia gasta boa parte da manhã ao telefone. Seu espanhol é rápido, fala com colegas do trabalho, família e amigos sobre o Caminho. Assisto noticiários na TV do bar, aproveito para aprimorar o espanhol. Não entendo quase nada do que falam, a não ser as previsões do tempo, nada animadoras para os próximos dias. Este verão é um dos mais quentes das últimas décadas, diz a garota do tempo. Sol, sol e sol para os próximos dias. Na Galícia, onde fica a cidade de Santiago de Compostela, costuma chover, mesmo no verão. Mas até por lá a previsão é de seca.

Aos poucos, peregrinos começam a chegar e a acomodar suas mochilas na porta do albergue. De repente, Téia se levanta e grita:

— Fernando! — Ela acena para um peregrino que acaba de chegar. — Luca, você precisa conhecer Fernando.

Um senhor de cabelos grisalhos e barba comprida se aproxima e cumprimenta Téia. Depois, a mim.

— Luca, Fernando está fazendo o caminho pela trigésima terceira vez.

— Eu já duvidaria se fizesse pela segunda vez — brinco enquanto nos abraçamos.

— E o Fernando, além de peregrino, pois agora a profissão dele é peregrino, é reikiano. Talvez ele possa te ajudar.

Olho para Fernando, sem entender muito bem como seria essa ajuda.

— O que você tem? — pergunta Fernando.

— São as pernas. Sinto dores nas duas. Começou na direita, mas agora as duas me doem. Uma dor que começa na lateral do joelho e irradia para o resto da perna.

Em silêncio, como se buscasse concentração, Fernando se senta em uma das cadeiras do bar e pede para que eu me sente ao seu lado. Puxo uma cadeira e me posiciono.

— Coloque a sua perna sobre o meu joelho — ele me pede.

Faço exatamente o que ele solicita, enquanto Fernando prepara suas mãos. Aquece-as esfregando uma na outra. De repente, sem me tocar, estende as duas mãos sobre a minha perna, na altura do joelho, e fica nessa posição por alguns minutos. Às vezes, movimenta-as para cima e para baixo, depois volta para o joelho. No começo, fico sem saber o que fazer, se faço silêncio, se fecho meus olhos. Até que Téia conversa comigo.

— Não se preocupe. Não tem nada de bruxaria no que Fernando faz. É energia. Ele está te ajudando com energias que envia e recebe de você.

Converso com Téia enquanto Fernando se concentra em minha perna. Depois de mais alguns minutos, pede que eu troque de lado e estique a outra perna sobre a dele. Enquanto me movimento, avisto de longe um baixinho e uma mulher se aproximarem. Reconheço Joaquim e Nina. Minha felicidade só não extravasa por causa de Fernando. Quando eles chegam, cansados, explico quase em sussurro o que acontece. Os dois me ouvem, depois colocam suas mochilas na porta do albergue e voltam. Nina se senta ao meu lado. Está exausta. Ela chama o garçom e pede uma água gelada no bar. Joaquim, como sempre inquieto, fica de pé.

— Já sei de quase tudo que acontece na Espanha, e as previsões do tempo para os próximos dias não são boas. — Aponto para a TV do bar.

— Sua vida está muito difícil, Luca — ironiza Nina.

Fernando interrompe a conversa, coloca minha perna no chão, devagar.

— Pronto. Agora beba bastante água. Você não está bebendo água suficiente.

— Como você sabe? Só pela energia? — pergunto curioso.

— Não — ri Fernando. — É pelo barulho que seu joelho faz quando dobra. A água pro corpo é como o óleo pro carro. Além de hidratar, ela lubrifica suas, digamos, juntas. E pelo ruído, você está bebendo pouca água. Não economize, ande sempre com uma garrafa grande e cheia.

— Obrigado, Fernando. Como te pago por isso?

— Com nada. Você me paga se cuidando melhor. E não se esqueça de beber bastante água — repete Fernando enquanto se levanta.

Evito levantar para agradecer a ele. Estendo minha mão direita a ele, que retribui com um gentil aperto de mãos. Téia sorri para mim.

— Eu nunca havia conhecido um reikiano. E devo dizer que já me sinto melhor — sussurro para Téia.

— Pois continue sentado e aproveite a energia que ele deixou com você. Fernando é um amor. Nos conhecemos há alguns dias quando eu também estava com dores. Ele me ajudou bastante.

— Mas depois você teve que abandonar o Caminho...

— Se não fosse a ajuda que recebi, eu não teria andado nem mais um metro. E outra, depois de meu encontro com Fernando, compreendi que o meu Caminho agora é esse. O Caminho não é só caminhar — completa Téia, enquanto estende sua mão em meu ombro.

O albergue abre em seguida. Os peregrinos que já estão no local se enfileiram para entrar. Sigo com Nina e Joaquim para o corredor do refúgio. Depois do registro, subimos aos quartos, nos banhamos e saímos rápido para o almoço. Estamos todos famintos.

Assim que almoçamos, bem ao lado do albergue, voltamos rápido para os quartos. Nina e Joaquim estão muito cansados. Combinamos de sair mais tarde. Hoje é dia de celebrar. É a última noite de Joaquim no Caminho. Eu e Nina queremos nos despedir do nosso amigo com festa. Amanhã, em León, Joaquim pega um ônibus de volta para Bilbau. Ano que vem, ele volta para terminar sua jornada de León a Santiago.

Às sete da noite, estamos na porta do albergue, prontos para sair, quando Jinez e Rose surgem pela pequena rua, com sorrisos imensos.

— Onde vocês pensam que vão sem nós? — diverte-se Rose.

— Pois venham! — respondo, animado ao vê-los. — Estamos indo jantar. E não é qualquer jantar. É a despedida de Joaquim.

— Odeio despedidas, mas adoro comer! — responde Jinez, entre os abraços que recebe de nós.

Caminhamos lentamente pelas ruas de Mansilla, como se ninguém quisesse chegar a lugar algum, só ficar na companhia um do outro. Nina está mais falante do que de costume. Parece feliz. E mais bonita. Converso com Joaquim, mas não consigo tirar os meus olhos de Nina.

— Acho que ali é um bom lugar para sentarmos. — Joaquim aponta para um bar do outro lado da rua.

— Hoje é você que escolhe, meu amigo. A noite é sua — respondo enquanto atravessamos a via.

O bar tem dois ambientes: um fechado, perto do balcão, e outro ao fundo, um quintal aberto, com mesas espalhadas pelo pequeno gramado. Joaquim escolhe o quintal. Nos sentamos em uma mesa redonda, no centro do gramado. Nina se senta ao meu lado. Eu, Joaquim e Jinez pedimos um chope, enquanto Nina e Rose, vinho. E a conversa flui tão agradavelmente quanto a temperatura da noite de Mansilla. Jinez e Rose conversam com Joaquim sobre a vida em Bilbau. Nina insiste em saber mais de mim:

— Essa sua vontade de chegar a Santiago deve ter um motivo...

— Será? — respondo com mais dúvidas que Nina.

— Você parece uma criança teimosa, que quando quer uma coisa não para até conseguir.

— São as surpresas do Caminho que me fazem querer continuar. Reencontrar Rodrigo, ficar com vocês...

— Mas o que esse Rodrigo tem que eu perdi? — Nina escora seu queixo sobre as mãos e me lança um olhar muito curioso. Demoro a responder.

— Rodrigo foi a primeira pessoa que conheci aqui. Ele não estava bem quando conversamos. Estava triste e cansado. Eu também não estava no meu melhor, ansioso e com medo. Foi uma surpresa conhecê-lo no meu primeiro dia.

— Ele estava triste com o quê?

— É uma história um pouco confusa... Ele me pediu segredo, mas, talvez, se você souber, pode ser que me ajude e ajude Rodrigo a encontrar o que procura. Em resumo, no meio do Caminho ele conheceu uma mulher, que se chama Sol. Eles caminharam juntos por um tempo, ficaram amigos e se apaixonaram. Só que, um dia, se perderam... Parece que ele acordou cedo no albergue e ela não estava mais lá. E é por isso que agora está tentando encontrá-la, para saber o que aconteceu. Eu me coloco no lugar dele e penso que também ficaria maluco se não soubesse o motivo de ela ter sumido.

— Que história esquisita. Parece um pouco infantil também. Não acha?

— Não sei. É uma história triste para mim. Essa perda... Nunca é bom perder alguém que a gente gosta. Quando conversamos nesse primeiro dia, ele se abriu comigo de um jeito tão forte, que até me assustei um pouco. Acho que se abriu porque também sou brasileiro e se sentiu "em casa" pra falar comigo. Só que depois da conversa, me vi um pouco responsável por ele. Caminhamos juntos por alguns quilômetros, mas me machuquei e tive que deixá-lo seguir sozinho. Nos reencontramos algumas vezes, mas ele sempre estava com essa tristeza. E agora não paro de pensar em como ele deve estar e em como eu poderia ajudá-lo. Jinez e Rose reencontraram Rodrigo e me disseram que ele também queria me ver. Acho que precisa da minha ajuda.

— Luca, sua preocupação é normal. Mas não sofra tanto agora. Você também precisa de ajuda. Ajude-se primeiro, se cuide. Quando estiver bem, poderá ajudá-lo.

— É o que estou tentando fazer. Vamos ver amanhã como minhas pernas vão estar.

— Como estão agora?

— Melhores de novo. Mas tenho medo que as dores voltem.

— Um dia por vez. Amanhã você avalia. E se precisar, descanse em León. Você vai amar aquela cidade.

— Veremos. Só penso em melhorar, voltar ao Caminho e encontrar Rodrigo.

— Você é teimoso demais.

— E você é muito...

— Muito o quê? — Nina me olha, quando Joaquim interrompe a conversa.

— Eu quero fazer um brinde... Um brinde à amizade, ao companheirismo e ao espírito de peregrino de vocês. Nina, Luca, muito obrigado pela companhia. Foram poucos dias, mas de grande importância para mim. Foi um prazer tê-los comigo nessa minha jornada. Jinez e Rose, que o amor seja o grande Caminho da vida de vocês.

— E a você, um brinde pela pessoa amorosa e cheia de luz. Não é à toa que é nosso mentor! — brinca Nina.

Brindamos e fazemos o pedido da comida em seguida. A prosa continua. Nina conversa com Jinez e Rose. Joaquim me olha e sorri. A comida chega, comemos e bebemos, tudo temperado com bastante esmero. Joaquim está feliz. O encontro está tão bonito, que mal percebemos que já são dez da noite. Depois de comer, Rose anuncia:

— Bom, nós já vamos. Amanhã o trecho é menor, mas queremos chegar cedo a León — despede-se Rose, enquanto se levanta.

— Eu faço companhia a vocês até o albergue. Também quero levantar cedo. — Joaquim fica de pé enquanto continua. — Vocês são jovens, aproveitem mais um pouco esta noite maravilhosa. — Antes de sair, Joaquim me olha e completa: — Algumas surpresas do Caminho precisam ser aproveitadas logo, antes que se vão.

Nos despedimos com mais abraços. Assim que saem, Nina vira-se para mim e retoma a conversa:

— Você ia dizendo que eu sou muito... Muito o quê? — Ela me olha como se esperasse dureza das minhas palavras.

— Que você é muito bonita.

As palavras saltam sem querer da minha boca. Nina está vermelha de vergonha. Ajeita-se na cadeira.

— Não vale. Você está sob o efeito de bebidas e de remédios.

— E também sob o efeito do Caminho. Eu vim pra cá preocupado com várias questões. Com a caminhada, o peso da mochila, com os albergues, as cidades... A única coisa em que eu não pensava era em conhecer pessoas como você, Joaquim, Jinez, Rose, Eva, Maik, Téia. Eu havia me esquecido como as pessoas também podem ser surpreendentes. E confesso, com a ajuda de bebidas e remédios, que estou surpreso com você. Ou melhor, encantado.

Existe silêncio que incomoda e silêncio que cria espaço para coisas bonitas acontecerem. Ficamos nos olhando em silêncio por alguns segundos. Nossas vontades trocam carícias, como se fossem mãos. Depois, minhas mãos tocam o rosto de Nina como se quisessem beijá-lo. E Nina ocupa o silêncio que existe entre nós com o seu corpo. Traz o sorriso para mais perto do meu e as nossas bocas se tocam como se fossem nuvens.

Se você não tem coragem,
então tudo que tem
você deve ao medo
e à sorte.

Medo

— "Rodrigo! Rodrigo!", você gritou duas vezes antes de acordar. E deixou todo mundo do quarto assustado — conta Nina, enquanto nos ajeitamos na cozinha do albergue.

— Sonhei com ele a noite toda. No sonho, toda vez que a gente se encontrava, ele fugia.

São cinco e meia da manhã e já estamos de pé na cozinha do albergue. Nina me conta dos meus gritos, enquanto Joaquim toma seu café na mesa. Tive uma noite de sonhos agitados. Mesmo com o encontro bonito que tivemos no bar, não dormi tão bem.

Lembro-me de ter me deitado pensando em Rodrigo. O beijo que eu e Nina trocamos me fez recordar da história do meu amigo. Tudo aqui me lembra sua história.

— Está animado pra voltar a caminhar? — pergunta Joaquim.

— Muito! Não vejo a hora de pisar no Caminho.

— Talvez esse seja o motivo da noite maldormida. Ansiedade completa Nina. — E as pernas? Melhores?
— Sim, melhores. Agora só paro quando chegar a Santiago.
— Ótimo. Então vamos? — convoca Joaquim, já com a mochila nas costas. — Hoje o trecho é bem pequeno. Dezoito quilômetros até León.

Saímos às seis em ponto, assim que a hospitaleira apareceu para abrir as portas do albergue. Estávamos ao lado de Carlos, marido de Téia, e outros poucos peregrinos que também acordaram cedo. Carlos seguiu mais rápido, à frente, tem pressa nos passos. Eu, Nina e Joaquim caminhamos devagar, esquentando o corpo. Cada um dentro do seu silêncio.

🐚

Mesmo sem pressa, com a temperatura agradável da manhã, com as paisagens bonitas que atravessamos e as águas correntes dos rios, minhas dores voltaram na primeira hora de caminhada.

Em Puente Villarente, uma cidade que fica a seis quilômetros de Mansilla, anuncio que vou fazer uma pequena pausa.

— Preciso parar um pouco aqui — conto aos dois.

— Você já sabe o que tem que fazer — responde Nina, como se me desse uma bronca.

— Eu quero me alongar um pouco e tomar um analgésico. Se quiserem, podem seguir. Nos encontramos em León.

— Vou tomar um café. Vocês querem? — pergunta Joaquim.

— Não. Obrigada. Vou esperar aqui fora com Luca — responde Nina.

Tiro a mochila das costas, encosto-a ao banco do lado de fora da pequena cafeteria de Villarente. Pego meus remédios dentro da bolsa, minha água e tomo os comprimidos, enquanto Nina me olha, como se quisesse dizer alguma coisa.

— Eu não quero ser a chata do seu Caminho, dizendo o que deve fazer. Eu só acho ruim te ver com dor e não conseguir fazer nada.

— Não se preocupe, Nina. Você já faz muito por mim. Você e Joaquim têm sido bem pacientes.

— Em León, eu pretendo parar por um dia. Você também podia ficar. Assim, posso te acompanhar a um hospital. Deixe um médico te ajudar.

— Nina, eu agradeço de verdade a sua preocupação. Mas se eu parar em León, eu posso me esquecer de tentar encontrar Rodrigo. Eu preciso encontrá-lo. E também sei que ele precisa de mim.

— Você não esquece o Rodrigo...

— Todo mundo aqui tem um Caminho. Esse é o meu. Você entende?

— É isso que você entende? — Nina me devolve a pergunta.

— Algo me diz que preciso encontrá-lo. Sinto isso. Talvez minhas dores tenham a ver com essa aflição em revê-lo.

— Luca, acho que você precisa mesmo encontrá-lo, e logo, pra deixar de fantasiar tanta coisa. Seu corpo está doendo porque você não se cuida. Pegue um táxi, vá para León. Nos encontramos mais tarde quando chegarmos e eu te ajudo a cuidar dos seus machucados. Quando estiver melhor, você encontra seu amigo. Que tal assim?

Joaquim volta do café enquanto eu e Nina conversamos.

— E então? O que você pretende fazer? — pergunta Joaquim.

— A próxima cidade não está tão longe. Quero tentar mais um pouco. Se não conseguir, paro, pego um táxi e nos encontramos em León.

— Tudo bem. Então vamos. Mas, por favor, cuide dessa sua perna antes que ela fique pelo Caminho — Nina fala em um tom muito sério comigo.

Os alongamentos e o analgésico ajudam por pouco tempo. Logo minhas pernas voltam a doer mais forte. Eu só quero caminhar um pouco mais ao lado de Joaquim e de Nina. Talvez, em León, a gente não se veja mais. Por mais difícil que seja, pretendo encontrar Rodrigo, caminhando ou não.

Para chegar a Arcahueja, gastamos mais uma hora e meia de caminhada. Atravessamos um pequeno rio. Com o pretexto de tirar algumas fotos, ganho tempo e descanso parado sobre a ponte. O barulho das águas acalma um pouco o meu corpo. Relaxo. Respiro fundo e seguimos até a cidade. Estamos a oito quilômetros de León, a duas horas de peregrinação.

— Eu desisto — grito aos amigos, que param imediatamente. — Vou ficar nesse café, pedir um táxi e seguir a León. Querem carona? — brinco.

— Vamos! Entre, enquanto eu peço um táxi para você. — Joaquim me abraça, enquanto Nina retira minha mochila.

Estou exausto. E não são só as dores nas pernas que me castigam. Estou irritado por não conseguir caminhar. A peregrinação começa a me irritar. As horas de amor e carinho se alternam com as de dor e cansaço. Tenho vontade de aproveitar toda a caminhada, mas me sinto limitado por meu próprio corpo e isso me deixa nervoso.

Eu e Nina entramos no café, escolhemos uma mesa e nos sentamos. Nina coloca minha mochila em uma das cadeiras da mesa, enquanto Joaquim some do lado de fora.

— Quando chegar a León, descanse. Tire o dia para ficar quieto, Luca. À tarde, podemos ir a um hospital para avaliarem suas pernas. Como te disse, quero descansar um dia a mais em León, então não tenho pressa para nada. Posso te ajudar, tudo bem?

— Obrigado, Nina. Ainda não desisti do Caminho, mas estou repensando algumas coisas...

— Que coisas?

— Em como encontrar Rodrigo. Se ele não estiver em León, talvez eu aproveite esse momento para adiantar alguns dias. Assim eu avanço o Caminho até encontrá-lo. Você sabe que eu preciso fazer isso. Não vou conseguir voltar para o Brasil sem notícias do meu conterrâneo. — Olho para Nina com um sorriso, na esperança de que ela me compreenda.

— Do jeito que você fala, parece uma história de filme. Até eu estou começando a me interessar, só pra saber como ela vai terminar. — Nina ri, como se me entendesse um pouco. — Você quer um café? Vou buscar um pra mim.

— Sim. Um café, por favor.

— Deixa comigo. Já volto. — Nina se levanta e vai até o balcão da cafeteria, que fica um pouco afastado das mesas.

O lugar é uma mistura de padaria com supermercado. Gôndolas estão espalhadas por todo o espaço, com itens que vão de higiene pessoal a comidas enlatadas. Um oásis para peregrinos.

De repente, Joaquim entra pela porta à minha procura.

— Luca, olha que gentil. Você ganhou uma carona. — Joaquim está ao lado de um senhor com idade próxima à dele.

— Muito prazer! Raúl — apresenta-se o senhor com um sorriso tão largo, que seus olhos quase se fecham enquanto ri.

— Olá. Sou Luca. — Tento me levantar para cumprimentá-lo, mas sou interrompido por ele.

— Por favor, não se levante. Soube que está machucado — fala Raúl, enquanto apoia cuidadosamente sua mão sobre meu ombro.

— Sim. Sou um peregrino de primeira viagem. Acho que exagerei — brinco.

— O Caminho de Compostela é muito duro. Não se culpe por isso. Bom, se eu puder ajudar... Estava ouvindo seu amigo conversar com o taxista, estou indo a León. Te dou uma carona. Adoro a companhia de peregrinos.

— Que ótimo! Tenho tido dores, mas também bastante sorte por aqui. Aceito, sim. Muito obrigado!

— Não é nada. León está aqui ao lado. Eu moro em León, mas todo domingo venho tomar um café nessa cafeteria.

— Que bacana! E eu não lembrava nem que hoje era domingo — brinco, enquanto sorrio para Joaquim. — O senhor já está de saída? — pergunto a Raúl.

— Não se preocupe. Não tenho pressa. Hoje é domingo, lembra? Tome seu café e saímos em seguida.

— Tudo bem. Muito obrigado, Raúl. O senhor é muito gentil. — Trocamos um aperto de mão.

— Por favor, não me chame de senhor. De velho já me bastam os anos. Poderia fazer o Caminho para provar minha juventude. Só não faço porque a minha mulher não deixa. — Raúl se diverte.

Enquanto ele se afasta, olho para Joaquim e completo:

— Eu não sei como vou terminar esse Caminho. Mas sei que você vai me fazer muita falta, meu amigo.

— Apenas me faça um favor: cuide-se! E eu não estou falando só das suas pernas. — Joaquim coloca sua mão direita sobre o meu ombro esquerdo. — Cuide bem do que está aqui dentro. — Aponta o dedo para o meu peito. — Só assim você vai conseguir ajudar as pessoas que quer ajudar.

Nina se aproxima com uma bandeja de cafés, enquanto Joaquim se senta à mesa conosco. Não é a primeira vez que Joaquim diz coisas assim. Ele parece saber mais de mim do que eu mesmo.

— Joaquim me arranjou uma carona — conto para Nina.

— Mesmo? Joaquim é um anjo. E você, o peregrino mais sortudo que já conheci — responde Nina.

— Sim! Sei da sorte que tenho. Principalmente, a de encontrar vocês. — Pego o café, dou uma golada e pergunto: — Onde vamos nos encontrar em León?

— No Albergue do Monastério das Benedictinas. De lá, nós saímos para almoçar e nos despedir de Joaquim com as famosas tapas de León. Que tal? — responde Nina.

— Maravilha! — Joaquim confirma.

— Então nos vemos lá. Vou atrás da minha carona antes que a sorte me deixe pra trás. — Termino de beber o meu café numa golada.

Levanto-me da mesa, pego meus bastões e a mochila e vou até a porta. Avisto Raúl, que se aproxima, segura minha sacola e a coloca no porta-malas do carro estacionado em frente ao café. Depois entramos no carro e seguimos para León. Eu não havia percebido, mas, na verdade, já estamos em León. O café fica na entrada do município. O distrito é muito grande, cercado por indústrias e galpões, como Burgos. Com a luz do dia já predominante no céu, consigo ver a cidade toda ao fundo, antes do horizonte. Faltam sete quilômetros para chegar ao destino de hoje. Duas horas de caminhada, que cumprirei em dez ou quinze minutos de carro.

🜸

— É a sua primeira vez no Caminho, não é? — pergunta Raúl, enquanto dirige o sedan.

— Sim. Não deve ser tão difícil de perceber... — brinco com meu estado físico.

— Eu já vi várias pessoas experientes piores do que você. O Caminho é difícil para qualquer um. Nunca se sabe o que vai acontecer por aqui. Uma inflamação, um machucado, uma saudade...

— Acho que aconteceu de tudo comigo. Perdi-me de um amigo, tenho dores, inflamações e muita saudade.

— De onde você é?

— Do Brasil.

— E do que você tem mais saudade?

De um jeito súbito e inesperado, sinto uma pressão no peito e começo a chorar. Meu corpo estremece, como das outras vezes em que chorei, uma espécie de energia se espalha por todas as extremidades de mim e desabo em pranto. É como se uma saudade estivesse presa dentro de mim há muito tempo e agora tentasse fugir a todo custo.

— Luca, o Caminho mexe demais com as pessoas...

— Desculpa! — é a única palavra que consigo dizer entre um choro e outro.

— Não tem que se desculpar por isso. Eu já fiz o Caminho algumas vezes, em situações bem diferentes. Em todas, eu chorei e ri bastante. E senti muita saudade também. O Caminho mexe com os nossos sentimentos. Ele nos provoca o tempo todo.

Meu choro só aumenta. Começo a soluçar, enquanto Raúl se divide entre a estrada e a minha tristeza. Ficamos por alguns instantes em silêncio. Respiro fundo várias vezes, até que consigo falar um pouco melhor.

— Eu não contei isso pra ninguém. E nem sei por que vou te contar... A minha saudade tem o nome mais bonito do mundo: Nalu.

— É mesmo um nome lindo. Quem é?

Enxugo um pouco meu rosto antes de continuar.

— Minha filha. Minha única filha. Ela mal chegou a nascer. Nós a perdemos duas semanas depois do parto.

Raúl se silencia antes de falar:

— Sinto muito, Luca.

— Foi o momento mais duro da minha vida. E, com certeza, da minha ex-esposa também.

— O que aconteceu?

— Um parto prematuro, com complicações, problema respiratório, infecção... Foi rápido — enquanto desabafo, enxugo minhas lágrimas na camiseta. Raúl tira um pano do porta-luvas do carro e me entrega. Agradeço e continuo. — Depois, eu e minha esposa nos separamos.

— Como se chama sua ex-companheira?

— Ela se chama Naíma. Nalu era a união entre Naíma e Luca. E acabou sendo a nossa separação.

— Veja, o que mais aprendi no Caminho foi que muitas coisas não precisam ser explicadas. Porque, por mais que tentemos, ainda somos ignorantes demais para explicar eventos como a vida e a morte. Porém, se aprendemos a viver com felicidade, com esperança, tudo que acontece em nossa vida é possível, tudo é um Caminho. Nalu foi um Caminho na sua vida e na vida de Naíma. Vocês passaram por ele. Você pode pensar que esse Caminho foi interrompido, como agora. Você pode pensar que seu Caminho está terminando aqui por causa da sua dor. Mas também pode pensar que a sua dor te trouxe para esse outro Caminho e vai te levar para outro lugar, que também é uma jornada. Se você viver essa nova caminhada com felicidade, com esperança, você vai fazer um Caminho muito bonito.

As palavras de Raúl me fazem chorar de novo. Soluço, como nas vezes em que chorei há poucos dias na igreja, no albergue e também no hospital com Naíma. Coloco as mãos no rosto e quase me encolho no banco do passageiro de tanto chorar. Raúl diminui a velocidade até conseguir estacionar o carro no acostamento da via. Quando para, coloca as mãos sobre a minha cabeça, depois me abraça com carinho.

— Você não está aqui por acaso, Luca. Ninguém está aqui por acaso. Aproveite essa jornada para encontrar o que você veio procurar.

— Obrigado, Raúl. É difícil falar de Nalu... Espero um dia ter essa clareza que você tem.

— Você é novo. Quando tiver minha idade, vai ver que clareza é uma utopia. Todo mundo quer ter clareza, mas ninguém sabe onde fica o botão pra acender essa luz — brinca Raúl, tirando um pouco de riso de mim.

— Foi muito difícil deixá-la partir. Eu e Naíma passamos um tempo brigados. Culpávamos todos, até Deus, em quem eu fingia acreditar só para ter a quem culpar. Este ano, eu e Naíma nos reencontramos depois de muito tempo. E foi por causa desse reencontro que resolvi fazer o Caminho. Nós tentamos de tudo para salvá-la. Nos machucamos por tempo demais, até culpamos um ao outro pela morte da nossa filha. E sabe como conseguimos nos desculpar? Em silêncio. Quando nos reencontramos este ano, ficamos em silêncio durante todo o encontro. Olhamos um para o outro, choramos e nos despedimos sem falar uma palavra. Esse foi o nosso pedido de desculpas.

— Sua perda foi dolorosa, mas sua história é bonita. Você ainda vai enxergar o que aconteceu na sua vida, mas vejo muita beleza na sua jornada. Você é corajoso por fazer este Caminho, de enfrentar sua tristeza. — Raúl me dá outro abraço e volta ao volante. — Vamos. Vou te mostrar um pouco de León pra você relaxar e depois te deixo no albergue, você precisa descansar.

Voltamos ao asfalto. Raúl aproveita a calma da manhã de domingo para me mostrar um pouco de León. Ele e Joaquim se parecem. Ambos conversam comigo como um pai conversa com um filho. As pessoas no Caminho são muito generosas. Se abraçam, se dão carinho, trocam palavras afetuosas, se cuidam com reciprocidade. Uma hora você dá carinho; outra, você recebe. Vim para o Caminho sozinho, mas seria impossível fazê-lo sem as pessoas que conheci aqui.

🐚

Depois de um pequeno passeio pela cidade, Raúl encontra uma vaga na entrada do centro histórico de León. É proibida a entrada de carros de passeio pela parte histórica, a não ser que você seja um morador ou um comerciante. O Monastério das Benedictinas fica no centro histórico.

— Luca, o monastério fica nessa rua, logo adiante, à direita. Aqui é o máximo que posso chegar de carro. Você quer uma ajuda até lá?

— Não precisa, Raúl. Não tenho pressa, vou caminhando devagar.

— Tudo bem.

— Muito obrigado pela carona. Não sei como lhe agradecer pelos conselhos. E desculpe-me pelo choro exagerado.

— Por favor, não se desculpe. Você não pode pedir desculpas por algo que não pode controlar. Adorei ouvi-lo. E lembre-se de que o Caminho não é sobre caminhar. É sobre estar presente, onde quer que você esteja.

— Obrigado! Vou lembrar.

Nos abraçamos mais uma vez e, enquanto Raúl vai ao porta--malas buscar minha mochila, tiro uma nota de vinte euros da carteira e deixo-a no banco do passageiro. Depois vou até Raúl, pego minha mochila, ajeito-a nas costas, seguro meus bastões e nos abraçamos mais uma vez.

— Deixe-me ir, antes que comece a chorar outra vez.

— *Buen Camino,* peregrino! — despede-se Raúl.

Começo a andar pela rua que ele me indicou, não há muitas pessoas por aqui. É domingo e a cidade descansa enquanto o barulho dos meus bastões ecoa pelos corredores de ruas estreitas do centro histórico. Atravesso uma quadra e a rua começa a fazer uma leve curva à esquerda. De repente, a curva termina e avisto à frente, a duas quadras, a placa do monastério. Quando o alívio domina meu corpo por não precisar mais caminhar, ouço um grito bem alto:

— Luca!

Quando me viro para ver quem é, avisto Raúl correndo desesperadamente em minha direção.

— Você deixou cair isso. — Enquanto respira forte, estende sua mão com a nota de vinte euros.

— Não, Raúl. É para você. Pela carona.

— Não, não, não! Por favor, toma! É sua. Não se paga por uma carona. E você vai precisar dela.

Quando vejo que não vai ter jeito, aceito a nota de volta.

— Obrigado mais uma vez — agradeço.

— Não por isso. O albergue está logo ali, veja. Vá, logo ele deve abrir. — Raúl se vira e começa a caminhar na direção oposta.

Fico observando a nota, enquanto Raúl se distancia de mim. Guardo-a no bolso e me emociono outra vez.

Caminho até a porta do albergue, a entrada é enorme. Uma pequena porta está instalada no canto de um dos dois grandes portões de metal. Ao redor, pedras rústicas indicam que o lugar preserva uma história. Ambos os portões estão fechados. Na porta menor, uma placa indica o horário de funcionamento do local. O albergue abre ao meio-dia. Olho no relógio e ainda são dez e meia. Procuro um lugar mais confortável para me sentar, mas não há opção. Coloco a mochila no chão, escorada na parede do albergue, ajeito os bastões próximos a ela e me sento na calçada.

Olho as casas, os pequenos prédios ao redor, apartamentos com varandas minúsculas, que saltam para fora, sobrevoam a rua e enchem o cenário de flores de todas as cores. Escuto barulho de pássaros. Poucos moradores dão sinal de vida nesse horário.

O portão do albergue se abre algumas vezes. Alguns peregrinos saem do local com mochilas, me cumprimentam e seguem na outra direção. Outros, que não sei se são peregrinos, hospitaleiros ou outra coisa, entram e saem constantemente do local. Peregrinos de bicicletas também deixam o albergue.

Aproveito o tempo livre para olhar o celular. Envio fotos e notícia à família, depois pesquiso sobre León. Aos poucos, a rua ganha um pouco mais de movimento. Existe uma praça quase em frente ao albergue. No meio do espaço, um bar de vinhos e tapas começa a abrir. Um funcionário coloca devagar as cadeiras do lado de fora. Observo-o enquanto o pensamento está em outra direção. Escuto o barulho do portão do albergue se abrindo mais algumas vezes. Uma voz baixa fala na minha direção:

— Te encontrar é mais difícil que achar agulha num palheiro!

Do chão, avisto as botas sujas de terra. Olho para cima e a pele queimada do sol não me deixa dúvidas. Levanto-me num pulo e grito:

— Rodrigo!
— Luca!

Nos abraçamos com o mesmo entusiasmo de grandes amigos que ficam anos sem se ver.

— O que faz por aqui? Não devia estar caminhando? — pergunto.

— Resolvi ficar mais um dia em León. Amanhã volto ao Caminho. E você? Também não devia estar no Caminho?

— Vim de carona. Minhas pernas voltaram a doer.
— Sem melhoras?
— Sem melhoras.

Rodrigo me dá outro tapa nas costas e me convida a entrar.
— Venha!
— O albergue só abre ao meio-dia. Tenho que esperar.
— Então deixe a mochila aqui dentro e vamos tomar um café. Depois voltamos pra você fazer o check-in.
— Está bem. Vamos!

Rodrigo me conduz para dentro do albergue. Atravessamos o pequeno portão e, em seu interior, um pátio revela a grandiosidade do monastério. Alguns hospitaleiros estão ao redor de uma pequena mesa, que deve ser a recepção do albergue. Rodrigo chama um hospitaleiro e conversa algo rápido, enquanto espero de lado. Em seguida, me apresenta Henriques, que pega minha mochila e a coloca sobre um banco de madeira ao lado da mesa.

— Deixe-a comigo. Vá tranquilo, que sua mochila está segura aqui — emenda Henriques.

— Obrigado — agradeço.

Saímos pela mesma porta de metal e subimos a rua no sentido contrário ao que cheguei. Logo acima, no primeiro café, Rodrigo me chama para entrar. Encontramos uma mesa vazia no canto da cafeteria e nos sentamos.

— Que bom te encontrar aqui — digo a Rodrigo.

— Também estou feliz.

— Você teve notícias de...

— Olha, antes, deixa eu me desculpar com você. Eu fui um pouco grosso contigo.

— Não precisa. Não fiquei magoado. Só queria saber como você está.

— Estou caminhando...

— E teve alguma notícia de Sol?

Rodrigo respira fundo antes de me responder.

— Não. — Rodrigo abaixa a cabeça.

— Mas ainda tem esperança de encontrá-la, não tem?

— Luca, esperança é o único sentimento que posso ter agora.

— Sim. Eu estava te procurando há alguns dias e te encontrei. Você também vai encontrá-la. Eu vou te ajudar.

— Você já está me ajudando. Não se preocupe.

— Talvez amanhã eu não caminhe. Devo pegar um ônibus para um ou dois trechos adiante, não sei. Mas dessa vez quero deixar bem combinado onde vamos nos encontrar. O dia e o lugar.

— Sim. Nós vamos combinar melhor dessa vez.

— E você não vai fugir...
— Eu não fugi.
— Em Carrión... Achei que fosse te encontrar em Carrión. Eu, Nina e Joaquim...
— É que cheguei muito cedo à cidade e decidi continuar... Na verdade, eu precisava continuar.
— Tudo bem.

Ficamos mais alguns minutos na cafeteria antes de voltarmos ao albergue. Rodrigo faz questão de pagar a conta. Quando chegamos, encontramos Joaquim e Nina na porta, felizes em me ver com Rodrigo. Eles se cumprimentam, Nina e Rodrigo conversam um pouco mais, até que a porta do albergue se abre. Entramos.

— Tomem um banho, se arrumem rápido, depois vamos para a rua comer. Quero me despedir de vocês com o melhor que essa cidade tem. — Joaquim fala com a felicidade de quem acabou de cumprir sua missão.

Enquanto coloca seus braços ao redor de mim, Joaquim fala baixo, como se fosse em segredo:

— Qual é o seu Caminho? — Joaquim me olha nos olhos. — Não se esqueça de tentar responder a essa pergunta enquanto está aqui. Qual é o seu Caminho, meu amigo?

Entramos para os quartos, mas nem percebo o lugar. Ainda estou dentro da pergunta que Joaquim me fez: *Qual é o meu Caminho?*, me pergunto.

Aqui somos duas pessoas no mesmo corpo. Uma é a pessoa que caminha, a que sente dor, que desabafa, chora e se abre para o primeiro estranho que conhece. A outra é a que descansa, que pensa, fala menos, escuta mais. A que caminha se aproxima das pessoas de uma maneira muito rápida e pelo lado mais franco, o da dor. Quando estamos com dor, somos vulneráveis, nos entregamos ao outro com facilidade, somos diretos, queremos ajuda, aceitamos o carinho facilmente. Sem as dores, somos humanos programados a ter mais medo que coragem, recusamos ajuda e ajudamos pouco também. No entanto, com as pessoas que conhecemos, quando estamos doloridos, criamos um vínculo grande. É como se encurtássemos a história da amizade, pulássemos uma etapa e já caíssemos na fase da cumplicidade, intimidade e afeto.

Com os amigos que fiz até aqui sinto uma afinidade muito grande, e também certa dependência. Se nos afastamos, sinto saudade e vontade de reencontrá-los logo. Quando estamos juntos, não há assunto que não possa ser tratado, como fazem os grandes amigos. Quanto mais tempo passamos próximos, mais difícil fica a despedida. O Caminho manipula o tempo, nos faz pensar que estamos aqui há mais dias do que realmente estamos. Estou há uma semana na Espanha, mas sinto como se tivesse passado meses caminhando.

No almoço de despedida de Joaquim, bebemos e brindamos a cada novo copo de *caña*. Rodrigo está um pouco mais à vontade, mas é o mais tímido de nós quatro. Nina se diverte com o fato de Joaquim ser a nossa luz e até arrisca uns passos de dança quando começa a tocar tango em um dos bares que entramos. Passeamos pelo centro gastronômico de León. Ruas com aparência de muito antigas dão charme à nossa tarde de despedida.

Às quinze horas, Joaquim me abraça e me beija o rosto:

— Muito obrigado pela amizade. Quando terminar esse Caminho, vá a Bilbau. Vamos fazer outro Caminho por lá, o da celebração. Venha tomar uma *caña* em minha casa. Te apresento minha esposa e a cidade mais bonita deste país — ri, enquanto me puxa para outro abraço forte.

Enquanto nos abraçamos, respondo:

— Eu não sei onde estaria se não tivesse conhecido você. Talvez já tivesse voltado ao Brasil. Obrigado. Não é brincadeira, você é nossa luz. E sim, eu vou a Bilbau. Coloque nossa cerveja para gelar que logo chego — respondo, enquanto nos damos um terceiro abraço, sem conseguir esconder os olhos já molhados de saudade.

Joaquim coloca a mão sobre minha cabeça e balança-a carinhosamente. Depois, abraça Nina e Rodrigo. Despedem-se com muitos risos. Antes de sair com sua mochila rumo à rodoviária, grita pela última vez:

— *Buen Camino*, peregrinos! — E sai pela porta do bar.

— *Buen Camino*! — respondemos em coro, entre risos e saudade.

Terminamos nossas cervejas satisfeitos de tapas e bebidas. Decidimos voltar ao albergue para um descanso. Mais tarde, saímos para conhecer um pouco mais de León e jantar. Estão todos pensativos na volta. Rodrigo e Nina mal conversam. Penso sobre tudo que tenho escutado por aqui. Sobre as dicas de Raúl, sobre as últimas palavras de Joaquim, os conselhos das irmãs em Bercianos... Sobre o que as pessoas têm me dito, de escutar o meu corpo, fazer o meu próprio Caminho, "o Caminho não é sobre caminhar".

Chego ao albergue cansado, com leves dores na coxa direita. Vamos os três direto para nossas camas. Antes de me deitar, pego meus fones de ouvido, coloco uma playlist brasileira para matar um pouco da saudade. Maria Bethânia me acalma. Durmo entre os versos cantarolados de Bethânia.

Nina me acorda com uma voz doce. Seu rosto está próximo ao meu, fala baixinho:

— Se nós formos agora, conseguimos pegar a última missa na Catedral.

— Que horas são? — pergunto.

— Sete. A missa é às oito.

— Está bem. Já me arrumo.

Rodrigo está sentado em sua cama, calçando o tênis. Me arrumo rápido e em poucos minutos deixamos o albergue rumo à Catedral. Chegamos e avistamos uma pequena fila na entrada. Mais alguns minutos e estamos do lado de dentro, sentados no banco de madeira, no fundo da igreja. Em seu interior, é tudo muito grandioso e emocionante. O estilo gótico está presente na maioria das igrejas e catedrais que visitamos na Espanha.

Rodrigo está calado, mas seus olhos não param quietos. Não é um olhar de quem observa a Catedral. É um olhar de quem procura alguém. De quem procura... Sol.

A missa começa e o silêncio no local é absoluto. As vozes e músicas tocadas na missa ecoam pelo espaço e reverberam com grande potência. Até o som aqui dentro da Catedral é grandioso.

Ficamos calados por toda a cerimônia, que dura quarenta minutos. De repente, quando começa o ritual de encerramento, uma música muito bonita começa a tocar e Rodrigo cai em prantos. Ajoelha-se no banco de madeira e abaixa a cabeça, como se o seu mundo desabasse. Movimento-me para ampará-lo, mas, sutilmente, Nina me impede. Ela acena com a cabeça e pede para que o deixe só.

Rodrigo chora e não para enquanto a música toca. São os minutos mais longos da missa. Aos poucos, a música se encerra e Rodrigo se acalma. Ainda de joelhos, enxuga as lágrimas. Sem olhar para os lados, visivelmente envergonhado, senta-se no banco de madeira, enquanto olha para o altar.

A missa acaba, esperamos até que a igreja esvazie um pouco e nos retiramos. Rodrigo é o último de nós. Seguimos até o lado de fora sem trocar uma palavra. Ele mantém a cabeça baixa.

Na saída, Nina nos chama para jantar. Aceito de pronto, mas Rodrigo não escuta. Nina se aproxima do amigo e repete:

— Rodrigo. Tem alguma preferência para jantar? Pensei em andarmos um pouco pela cidade, enquanto escolhemos um restaurante...

— Podem ir. Não estou com fome. Vou voltar para o albergue, preciso organizar umas coisas... — responde sem olhar para ninguém.

— Então vamos com você e jantamos lá perto — proponho.

— Não. Por favor. Vão sem mim.

— Mas podemos ir com você até lá e jantar em algum restaurante na redondeza. Não faz mal — insisto com Rodrigo.

— Deixe-me ir! — Rodrigo responde rispidamente.

— Claro. Você pode ir — responde Nina, no mesmo tom. — Nos vemos mais tarde no albergue. Tchau! — finaliza, enquanto me puxa para o lado.

— Não demoramos, Rodrigo — completo antes de sairmos.

De longe, vejo Rodrigo caminhar de cabeça baixa e tenho pena. Suas mudanças repentinas de humor me fazem pensar nas dores que ele carrega, talvez tão pesadas quanto as que eu trouxe. E talvez seja isso que nos aproxima ainda mais, nossas semelhanças. Nossas dores.

Passo a próxima hora da noite com Nina. Jantamos em um restaurante tipicamente espanhol. A comida está saborosa, mas dou pouca atenção ao momento. Minha cabeça está na lembrança de Rodrigo chorando na igreja. Recordo também de como chorei no banco do carro de Raúl.

Nina interrompe meus pensamentos para combinar o dia seguinte:

— Amanhã, pela manhã, vamos ao hospital ver suas pernas.

— Nina, acho que a partir de amanhã não nos veremos mais...

— Por quê? Não precisa fugir de mim. Não é porque nos beijamos ontem que estou apaixonada por você — brinca Nina.

— Não. Não é isso. Pelo contrário. Estou pensando em pegar um ônibus amanhã bem cedo e adiantar duas etapas, até Astorga. Assim, consigo descansar um pouco mais para ver se volto a caminhar. Como você pretende parar por mais um dia aqui em León, talvez não nos encontremos.

— De verdade, o que está planejando, Luca? Porque você poderia descansar aqui, em vez de Astorga. Isso está me cheirando a outra coisa. Vamos, eu não vou mais brigar com você.

Nina não é boba. E sabe como deixar a conversa mais engraçada. Gosto desse seu jeito desbocado, mas, ao mesmo tempo, carinhoso. Fala comigo como se tivéssemos uma intimidade de anos.

— Está bem... Já que não vou conseguir caminhar com Rodrigo amanhã, pensei em ajudá-lo de outra forma. Vou atrás de Sol — enquanto falo, Nina me ouve atenta. — Eu não sei se consigo mais voltar a caminhar, mas talvez eu ainda consiga ajudá-lo. Adianto dois trechos, procuro por Sol e, se encontrar, deixo Rodrigo mais tranquilo. Acho que é a única decisão que posso tomar agora, ou desistir de vez e voltar para o Brasil.

— Está bem. Faça isso. É uma boa ideia, sim. Mas se eu fosse você, chegaria a Astorga e iria primeiro a um hospital ver sua perna. Não vai te custar muito tempo.

— Farei isso. Assim que chegar a Astorga, procuro um hospital e te mando uma foto de lá.

Proponho um brinde com os últimos goles de vinho em nossas taças.

— Um brinde a você — proponho.

— Outro a você — Nina retribui.

Brindamos e nos abraçamos em seguida. Um abraço carinhosamente demorado. Resisto para não beijá-la.

— Antes que me esqueça, anote meu número de telefone. Assim, ao menos, mantemos contato — Nina me pede. — Seria ótimo te ver em Santiago. Caso não consiga mais caminhar, não vá direto ao Brasil. Pegue um ônibus para Santiago e me espere na Catedral — fala Nina enquanto pega o meu celular e anota seu número.

— Está bem. Combinado.

Brindamos outra vez, agora para firmar nosso trato. Nina vira sua taça na boca com todo o vinho que resta, coloca-a sobre a mesa vazia e me provoca a fazer o mesmo. Repito seu gesto e quase engasgo com o vinho. Assim que coloco minha taça sobre a mesa, Nina me rouba um selinho na boca e se levanta rapidamente.

— O restante do beijo te dou em Santiago — completa com um olhar tão bonito quanto o da noite em Mansilla, quando nos beijamos pela primeira vez.

Levanto-me e seguimos para o albergue.

Na chegada, avisto Rodrigo na porta do refúgio. Já é tarde, passa das dez. O albergue em León fecha às onze. Conversamos bem pouco. Conto a ele que pretendo ir para Astorga de ônibus. Não conto que vou à procura de Sol para que não me impeça de ajudá-lo. Conversamos mais um pouco e organizamos nosso reencontro em dois dias. Depois, Rodrigo se despede de Nina e entra para os quartos.

— Se é o que você sente que deve fazer, então faça. Torço para que consiga resolver essa história. Mas eu quero notícias. Agora que sei dessa novela, deixe-me saber como ela termina — diz Nina.

— Sim. Espero poder te dar boas notícias. Mando mensagens ou te conto quando nos reencontrarmos em Santiago.

Nina sorri. Nos abraçamos e entramos para descansar. O albergue está lotado de peregrinos. Não reconheço ninguém. Recordo-me de Maik, Eva, Jinez, Rose, Carlos e Téia e sinto vontade de revê-los. Quem sabe, com sorte, também nos abraçaremos em Santiago.

Toda saudade
é uma procura.
Ora do outro,
ora da gente.

Procuras

Levanto-me bem cedo em León, junto com os primeiros peregrinos do dia. Às seis, estou de pé, ao lado de Rodrigo, que organiza sua mochila para começar mais um dia de jornada, ou de busca por Sol. Estou ansioso, quero ter certeza de que não vamos nos perder mais uma vez.

— Acho que meu corpo já se acostumou a acordar tão cedo — digo a Rodrigo, como se tentasse explicar por que estou acordado a essa hora.

Rodrigo amarra o saco de dormir do lado de fora da mochila, joga a mochila nas costas e começa a caminhar para fora do quarto. Sigo-o. Atravessamos corredores de camas, a maioria ainda ocupadas por peregrinos, passamos pela cozinha, algumas pessoas já tomam seus cafés. Rodrigo vai direto para o pátio. Vou atrás dele, até que coloca sua mochila sobre o banco de madeira, vira-se para mim e diz:

— Você vai hoje a Astorga?

— Sim, agorinha. Só vou tomar um café e seguir para a rodoviária. Quero pegar o primeiro ônibus do dia.

— E depois?

— Depois... Vou a um hospital. Descanso mais um dia e, se estiver melhor, volto a caminhar. Se não, desisto de vez e vou a Santiago.

— Então, talvez, não nos encontremos mais.

— Claro que sim! Amanhã você chega a Astorga e nos reencontramos. Ou não?

— Sim, é verdade! Amanhã chego a Astorga. Vamos nos reencontrar e, se tudo der certo, seguimos juntos de lá — Rodrigo muda o tom, fala mais relaxado.

— Você já sabe em qual albergue vai ficar? — pergunto.

— Deixe-me ver. — Ele tira um papel do bolso, com uma lista de cidades e albergues. — Siervas de Maria. Aqui diz que é um bom albergue. E barato — completa.

— Está bem. Vou anotar... — Pego o celular e escrevo no bloco de notas: "Astorga – Siervas de Maria".

— Então, até amanhã. Cuide-se! — Rodrigo me abraça, se vira, pega a mochila e a coloca de novo nas costas.

— Até amanhã! *Buen Camino!* — despeço-me.

Ainda está escuro quando Rodrigo sai pela pequena porta de metal. Sinto alívio em vê-lo um pouco mais calmo, mas sei que pode ser só um momento breve entre a dor que sente. Pensei em contar sobre meu plano de ajudá-lo, mas tive medo... Não sei se ia gostar da minha ideia. Ele tem variado bastante de humor, o que me faz tomar mais cuidado com o que falo e faço perto dele.

Volto ao quarto, Nina está sentada no beliche, na cama de cima da minha. Ela acabou de acordar.

— Onde estava? — pergunta-me.

— Despedindo-me do Rodrigo.

— Que horas são?
— Seis e quinze.
— Não te vi quando acordei... Achei que já fosse mais tarde.
— Acordei cedo, estava sem sono.
— Então posso dormir mais um pouco...
— Sim. Aproveite o seu dia para descansar. Você tem tempo. Eu já vou para a rodoviária.
— Mas já? Por que não fica um pouco mais em León?
— Quero chegar cedo a Astorga.
— Luca, Astorga fica a cinquenta quilômetros daqui. Você chega em meia hora... Fica ao menos um pouco mais.
— Nina. Você sabe por que eu quero ir...
Nina pensa um pouco antes de falar algo:
— Tá... — Ela se movimenta na cama de um jeito mais brusco. — Mas, antes, vamos tomar um café. Um café não vai te atrasar em nada.

Nina desce da cama num pulo, pega sua bolsa de higiene pessoal e vai ao banheiro. Enquanto sai, por mais que eu queira ir logo a Astorga, fico feliz que ela queira tomar um café comigo. Esse afeto... Faz tanto tempo que não recebo carinho como os que tenho recebido aqui. Não só de Nina, mas de todos, Joaquim, Rose, Jinez... Aliás, onde será que eles estão?

Nina volta e me puxa pelo braço, até sairmos do albergue. Seguimos a rua do refúgio até o centro histórico de León. Ela escolhe um café com vista para a catedral. Nos sentamos do lado de fora. O dia ainda está amanhecendo. A cena que observamos enquanto bebemos nossos cafés é de uma segunda-feira comum em León. O que há muitos dias não vejo. Os primeiros trabalhadores caminham com pressa pelas ruas. Outros se exercitam... Nina tem calma, seus olhos estão fixados na igreja. Os meus estão em Nina. Quanto mais os minutos passam na cafeteria, mais me acalmo e mais quero ficar. Gastamos uma hora no café, trocamos poucas palavras. Satisfeita, Nina pede a conta, paga e se levanta. Da mesma forma, levanto, Nina me puxa pelo braço e voltamos ao albergue, devagar. Na porta, ela me abraça. Entro rápido para buscar minha mochila e bastões. Ela me espera do lado de fora. Quando volto, abraça-me mais uma vez, deseja-me sorte e diz:

— Não se esqueça do nosso combinado. Espere por mim em Santiago. — Em seguida, me beija no rosto e entra no albergue.

Fico sozinho na rua com a minha mochila e a minha vontade de correr atrás dela.

🕮

Entro no ônibus às dez da manhã. Enquanto viajo a Astorga, penso em Naíma e em toda a dor que vivemos com a perda de Nalu.

Lembro-me que, primeiro, culpamos os médicos. Depois, o hospital, as enfermeiras, a demora (que não houve) no atendimento. Depois, passamos a nos culpar. Eu me culpei, Naíma se culpou... Até que um culpou o outro, sem limite de brigas e ofensas. Foi um momento tão duro quanto o da perda de nossa filha. Estávamos nos matando aos poucos. E matando a única coisa que nos havia sobrado, o amor. Arrependo-me de não ter tido a calma que precisava para entender o que estávamos passando. Só entendi o que fizemos quando nos distanciamos. Anos depois, o único vínculo que sobrou da nossa relação foi o que menos cuidamos: o amor. Foi por causa dele que nos reencontramos.

Hoje eu a amo, ao mesmo tempo que sei que não vamos, nem podemos, ficar juntos. Nosso amor é independente dessa condição de estarmos juntos. Eu a amo muito. Foi isso que tentamos falar um pro outro no encontro que tivemos no começo deste ano. Que nos amamos, apesar de termos nos machucado bastante. Foi um pedido de desculpas, mas também foi um pedido de amor. Um pedido para que o amor fosse preservado, que não perdêssemos o sentimento mais bonito que pudemos ter, o amor. Um pedido silencioso, aceito por nós dois. Foi o que senti.

Quando terminar o Caminho, quero dizer o que não tive coragem de falar à Naíma naquele dia: "Eu te amo! Me desculpa! Eu te amo!".

Depois que se começa a caminhar, uma viagem de ônibus pelo Caminho é uma das coisas mais entediantes de se fazer por aqui. A vida do lado de fora passa tão depressa, que não dá tempo de ser contemplada. Ao redor, um monte de carros e rodovias. Quase tudo que não é feito a pé perde a graça. Não há gente carregando suas mochilas, dividindo suas dores, compartilhando suas alegrias... Até o ar-condicionado do ônibus, que não te deixa transpirar, incomoda. Eu desejo o calor da meseta. O barulho dos bastões tocando as pequenas pedras espalhadas pelo chão de terra, as dores. Eu desejo o Caminho.

São dez horas da manhã quando o ônibus estaciona na discreta rodoviária de Astorga, uma cidade bem menor que León, mas ainda grande o suficiente para dificultar minha busca por Sol. Quando desço, do outro lado da rua, avisto um muro alto que circunda toda a cidade. Parece que estou na periferia de Astorga. Avisto uma espécie de portal, cruzo a rua rumo a ele, atravesso-o e é como se tivesse entrado em uma outra cidade. Estou na parte histórica de Astorga. Avisto, mais abaixo, um centro comercial. Desço alguns metros em sua direção até surgir à minha frente uma imensa construção, que não demoro a reconhecer. É a Catedral de Astorga, muito alta e com arquitetura parecida com as outras catedrais que conheci dias atrás.

Estou à procura do albergue. Paro em uma farmácia e pergunto ao atendente, que me orienta a seguir pela rua em que estamos até a primeira curva que ela faz. O albergue fica antes dessa curva. Agradeço e continuo a caminhada. Ainda são dez horas da manhã e, provavelmente, o albergue estará fechado. Caminho devagar, procuro também por cafeterias. De repente, a rua se divide em duas. Uma segue como rua, à esquerda, enquanto a outra acaba logo à frente e vira uma grande praça de pedestres, com restaurantes e cafés espalhados por todo o espaço. Sigo em direção à praça, com vontade de tomar um café bem quente e me sentar para esperar a hora de o albergue abrir. Escolho a primeira que vejo, sento-me, peço um café e descanso. De repente, lembro-me de Nina, pego o meu celular, tiro uma foto da praça e envio a ela: "Já estou em Astorga. Caminho rápido, não?".

As horas demoram a passar quando não estou no Caminho. Estou sentado no café e ainda não são onze horas. As pernas latejam, sinto as pontadas nas laterais dos dois joelhos e lembro-me da promessa que fiz a Nina de ir a um hospital. Eu deveria ter ido logo que cheguei, assim teria ganhado tempo. Peço a conta do café, com a ideia de aproveitar que o albergue ainda está fechado, para adiantar minha ida ao hospital e ficar livre à tarde para procurar Sol. A atendente do café ensina-me a chegar ao hospital, que fica na mesma direção do albergue.

Enquanto caminho, observo a cidade com o olhar distante. Volto a pensar na minha família e percebo que não sei nada sobre a família de Rodrigo. Na verdade, eu não sei nada sobre Rodrigo além do drama que vive por aqui. Seus pais... Eu não sei se tem pais, irmãos ou até filhos. Nossa conversa foi sempre muito rápida.

Logo chego ao hospital. Uma pequena placa com uma cruz vermelha na porta é a certeza de que encontrei o que procurava. O local parece uma casa. Aliás, tudo aqui tem cara de casa, até o comércio. Atravesso um jardim até chegar a uma porta de madeira pintada de azul. Tento abri-la, mas está fechada. Um cartaz pregado na porta diz: "Atendimento para peregrinos: 17h". Olho ao redor, não vejo ninguém. Outra placa ao lado da porta aponta para uma campainha: "Somente emergência". Fico parado pensando no que fazer. Não há o que fazer. Meu caso não é emergência. Rio comigo mesmo. Se eu contar para Nina, ela não vai acreditar. Vai achar que eu não vim. Pego o meu celular, tiro uma foto e envio para ela: "Eu tentei".

Saio da casa, volto para a rua em direção ao albergue.

🐚

— Sua credencial e passaporte, por favor! — pede a hospitaleira do albergue Siervas de Maria.

Assim que entrego os documentos, começo minha procura por Sol:

— Estou procurando uma amiga. Será que você pode me ajudar?

— Sim. Como posso te ajudar?

— Pode ser que ela tenha se hospedado aqui há alguns dias. Se você puder procurar pelo nome nos registros...

— Como ela se chama?

— Sol.

— Sol de quê?

— Não sei. Só sei esse primeiro nome.

— Está bem. Quando ela esteve aqui?

Rio um pouco antes de conseguir responder.

— Eu também não sei. Talvez ontem?!

— Bom. Deixa eu fazer o seu registro primeiro e, em seguida, olhamos no livro.

A atendente anota todas as minhas informações e passa a procurar nos dias anteriores pelo nome de Sol. São muitos os peregrinos que se hospedam aqui todos os dias. A lista do caderno é grande, proporcional ao albergue, que tem mais de cento e cinquenta camas disponíveis.

— Parece que ela não passou por aqui — diz a atendente, enquanto continua a procura. — A não ser que Sol seja um apelido. Nós usamos o nome que está no passaporte para fazer o registro. Você quer olhar outros dias? Já procurei nos três dias anteriores e não há registro.

— Não precisa. Pode ser que ela não tenha se hospedado aqui.

— Como ela é? Talvez me lembre dela se descrevê-la para mim.

— Eu não sei como ela é... — respondo enquanto sorrio para a atendente. — Na verdade, ela é amiga de um amigo. Ele pediu minha ajuda — a resposta escapole da minha boca assim que me pergunta.

— Entendo. Então fica mais difícil de te ajudar — ela ri.

— Está bem. De toda forma, obrigado.

Antes de pegar minha mochila e seguir para o quarto, faço uma última pergunta:

— Existe outro albergue aqui em Astorga onde os peregrinos costumam ficar?

— Sim. Pelo menos mais dois. Eu posso te indicar os lugares. Nesse mapa aqui fica fácil de ver. — A hospitaleira pega um mapa e começa a circular os albergues sobre ele. — Um fica do outro lado da cidade, perto da Catedral. O outro fica aqui pertinho. — Ela me entrega o mapa e agradeço.

— Vou tomar um banho e quando sair para almoçar dou um pulo neles. Obrigado!

Organizo meus itens no quarto, estico meu saco de dormir sobre a cama e vou para o banho. Só consigo pensar na felicidade de Rodrigo quando eu encontrar uma pista de Sol.

🐚

Não saber sua fisionomia dificulta muito minha busca. Procuro uma pessoa que nunca vi, não sei a cor da sua pele, se é alta ou baixa, cabelos longos ou curtos... Pode ser que eu já tenha esbarrado com Sol pelo Caminho sem saber.

Saio do albergue quando já passa de uma da tarde. Resolvo primeiro almoçar. Desço as escadas da entrada do refúgio devagar, degrau por degrau. Uma dupla de peregrinos se aproxima, enquanto olho para os pés para não tropeçar.

— O que o Caminho une ninguém separa... — diz um peregrino, enquanto desço o último degrau.

— Jinez! — exclamo quando reconheço meus amigos. — Mas... Como?

— Como o quê, meu amigo? — pergunta Jinez, sorrindo, enquanto me abraça.

— Como vocês chegaram aqui? Devem ter andado bastante...

— Sim. Mas de ônibus — brinca Rose.

— Nós não estamos mais caminhando. Decidimos parar de caminhar. Os joelhos de Rose não estão bem, em León resolvemos continuar o Caminho de ônibus — comenta Jinez. — Vamos tentar dormir nas cidades onde havíamos planejado descansar. Mas de agora em diante, só ônibus ou táxi.

— Que pena! Mas, ao mesmo tempo, que bom que estão aqui.

— Suas pernas não parecem tão boas também... — comenta Rose.

— É. Digamos que estou nesse mesmo Caminho de vocês. Fui a León de carona. Não consegui chegar à cidade caminhando. Então decidi parar mais uns dias antes de tentar outra vez. Peguei um ônibus hoje cedo de León para cá. Descanso hoje e amanhã, antes de tentar voltar ao Caminho a pé. É minha última tentativa.

— É o melhor que você faz. Cuidar do corpo, descansar... E ainda dá para aproveitar o Caminho. Não é porque não estamos caminhando que não estamos fazendo o Caminho — comenta Rose. — E aonde você está indo? Estamos famintos. Quer almoçar com a gente?

Penso um pouco no convite de Rose e na minha tarefa de encontrar uma pista de Sol. Como eu ainda tenho a tarde para a minha missão, aceito o convite. Também estou faminto e a companhia dos dois será muito bem-vinda.

— Eu topo. Espero vocês aqui. Ajeitem suas coisas no albergue e vamos.

Jinez e Rose entram no albergue para guardar suas mochilas, espero na porta. O dia é de muito sol e os peregrinos não param de chegar. Alguns rostos conhecidos passam por mim, nos cumprimentamos com sorrisos. Outros, não reconheço. São caras novas para mim. Vários jovens em grupos maiores, com as bochechas vermelhas de sol, chegam exaustos ao albergue. Olho enquanto penso que Sol pode ser qualquer uma das dezenas de peregrinas que acabam de passar por mim.

— E Nina? Como está? — pergunta Rose enquanto tomamos um copo de cerveja na mesma praça onde tomei meu café.

— Despedi-me de Nina em León hoje cedo. Ela quis ficar mais um dia na cidade. Mas está bem. Amanhã volta ao Caminho.

— E por que você também não ficou em León? Com tanta coisa para conhecer por lá... — insiste.

— Vocês se lembram do Rodrigo? Um amigo que eu procurava... A gente se encontrou em León. E vamos nos reencontrar amanhã, aqui em Astorga. Se eu estiver melhor, quero seguir com ele.

— Ele está bem? — pergunta Jinez. — Nós conversamos pouco, mas ele me parecia meio triste.

— Sim. Um pouco triste... E perdido. Estou tentando ajudá-lo, mas não é tão fácil.

— Entendo. Fazer o Caminho como você está fazendo e ainda ajudar outro peregrino não é fácil. Mas e você? Quem está te ajudando? — emenda Rose, com um olhar afetuoso para mim.

— É... — Meus olhos se abaixam imediatamente, assim que tento falar e não consigo. Sinto que vou chorar outra vez.

Rose aproxima sua cadeira da minha e afaga meu silêncio com as mãos em minhas costas. Meu choro é mais discreto que das outras vezes. Fico assim, numa espécie de rio calmo por um tempo, banhando-me nas lembranças que tenho, até levantar o rosto na altura do deles e decidir contar minha história. Conto tudo a Jinez e Rose. Abro-me com uma liberdade que ainda não havia tido para falar de Nalu e Naíma. Eles me ouvem com a atenção que eu também não esperava. Seus olhos ficam mirados nos meus durante toda a história.

Ao final, me olham com uma mistura de compaixão e felicidade. Jinez é o primeiro a falar:

— Luca, o que você passou não foi fácil. Fiquei te ouvindo com o coração apertado. Você é muito forte de estar aqui enfrentando essa história. No seu lugar, não sei o que faria. Não sei se teria essa força.

— Eu sabia que você carregava alguma história assim. Nós conversamos um pouco sobre você e sempre tive essa impressão de que havia algo mais profundo no seu Caminho. E é o amor. Você carrega esse amor desde que nos conhecemos. Na verdade, parece que você veio reencontrar o seu amor, o amor-próprio. E do jeito mais difícil, debaixo desse sol escaldante da Espanha — brinca Rose. — Sinto que esse reencontro está acontecendo... Posso te fazer uma pergunta?

— Claro. Agora que já sabem da minha história, não há nada mais pra esconder — respondo em tom descontraído.

— Não quero ser indiscreta. Se não quiser, não responda... Mas a história de Rodrigo, o seu amigo, ela tem a ver com a sua história? — pergunta Rose.

Penso um pouco antes de responder para Rose:

— Não. É uma outra história... — digo, sem ter muita certeza do que Rose quer saber. — Por quê?

— Não sabemos o que o Rodrigo veio fazer aqui. Ele também não parece uma pessoa que nos contaria. Mas, no fundo, fiquei com o sentimento de que ele também procura algo, uma resposta ou alguém... E você me contando sua história agora, parece isso, que vocês dois têm histórias em comum, por isso se preocupa tanto com ele. Isso é sensibilidade, Luca. É visível que você está melhor que Rodrigo. Isso pode ter despertado em você o desejo de ajudá-lo, porque já passou por uma história parecida — Rose responde e agora eu entendo o que quer dizer.

— Talvez isso tenha acontecido. A história do Rodrigo é bastante diferente da minha, as situações são diferentes, e eu ainda o conheço pouco, mas é igual em um ponto: a perda. Não sei se devia, já contei essa história para Nina, mesmo Rodrigo me pedindo segredo. Mas, ao mesmo tempo, sinto que de algum jeito vocês podem me ajudar. Ou ajudar Rodrigo. Ele perdeu, aqui no Caminho, uma pessoa de quem gostava muito. E eu sei o que é perder uma pessoa de quem a gente gosta. Na verdade, eu sei o que é perder duas pessoas de uma vez. Quando perdi Nalu, perdi Naíma. Talvez eu esteja tentando ajudar Rodrigo porque já perdi pessoas importantes na minha vida e sei o quanto é duro perder alguém assim.

— E você acha mesmo que está ajudando Rodrigo? — pergunta Rose, de uma forma que me incomoda. — Desculpa por te dizer isso, Luca. Só estou querendo te ajudar, como nos pediu. Mas me parece que ao procurar a amiga de Rodrigo, você está tentando compensar algo que acha que não fez. Eu tenho certeza de que você fez o máximo que pôde. E tenho certeza de que Rodrigo está fazendo o máximo que pode para encontrar a pessoa que ele perdeu. Tome cuidado com isso. Ajude-o, mas primeiro encontre o seu Caminho. Depois, se puder, ajude as pessoas a encontrarem seus Caminhos também.

Fico em silêncio. Não consigo falar. Só consigo pensar no que Rose me diz. Será que estou mesmo ajudando Rodrigo? Quando perdi Nalu e me distanciei de Naíma, eu só consegui reencontrar meu Caminho sozinho. Por mais que as pessoas tenham me ajudado, foi nessa solidão, nesse luto, que me reencontrei. Foi um tempo importante para mim. Será que é hora de deixar Rodrigo seguir sozinho? Talvez ele já tenha me dado sinais de que sim.

Nossa conversa foi se encerrando assim, devagar e em silêncio. Os pensamentos, por mais confusos que ainda sejam, são mais claros do que antes. Jinez e Rose parecem colocados a dedo no meu Caminho.

Quando a comida chega, comemos e trocamos histórias da nossa peregrinação. Uma conversa leve e gostosa, como o prato que saboreamos. Jinez me conta de um casal de peregrinos que conheceram há uns dias, eles só caminhavam à noite. Chegavam às cidades antes de o sol nascer, armavam a barraca que carregavam na mochila e dormiam até a hora do almoço. Faziam isso todos os dias. Um jeito diferente de contemplar o Caminho, na companhia das estrelas.

Assim que terminamos, voltamos juntos ao albergue. Decido descansar. A conversa me deixou bem cansado. Agora tenho dúvidas se devo persistir na missão de ajudar Rodrigo a encontrar uma pista de Sol ou se o deixo sozinho. Ainda quero ajudá-lo, mas preciso pensar.

Voltamos devagar, Jinez me conta que eles já estiveram em Astorga quando ainda namoravam. Por isso, decidiram voltar à cidade, mesmo depois de desistirem de caminhar... Para celebrar o amor.

Quando nos despedimos na porta do albergue, não combinamos de nos ver à noite. Esse vaivém de vontades, de procurar por Sol, reencontrar Rodrigo, rever Nina, voltar para o Caminho, está me deixando um pouco confuso. Preciso de um tempo pra pensar. As coisas acontecem rápido demais no Caminho. Preciso me acalmar. Mesmo que o tempo aqui seja bem confuso, vou me dar essa noite em Astorga, sozinho, para decidir o que fazer.

Entro no albergue, encontro meu quarto lotado de peregrinos. Alguns estão esticados no chão para se refrescar. O verão continua muito penoso na Espanha. Sigo direto para a minha cama, sem olhar pra ninguém. Encontro meus fones de ouvido na mochila, escolho uma música calma e desacelero-me, até dormir.

🜸

Quando acordo, meu corpo está grudado na cama, como se eu pesasse uma tonelada. Os olhos estão pregados. Demoro a conseguir abri-los e, quando consigo, vejo que está escuro. Inúmeros peregrinos ainda dormem. O silêncio do quarto é um convite para não acordar. Respiro fundo, estico um pouco minhas pernas e, aos poucos, me ajoelho sobre o beliche e me deito sobre o meu corpo para esticar as costas e os braços. Olho mais um pouco ao redor, não há peregrinos no chão. No canto do quarto, uma luz de celular clareia um pouco o ambiente enquanto um peregrino digita no aparelho. Vou reconhecendo aos poucos onde estou. Sento-me na cama, tiro os fones que ainda estão no ouvido, apesar de não tocar mais músicas, e procuro o celular. Encontro-o do meu lado, pressiono o botão de ligar para ver as horas, mas nada acontece. Tento outra vez até perceber que ele está descarregado. Coloco a mão no bolso lateral da mochila, encontro o carregador, conecto-o na tomada ao lado da cama e plugo no meu aparelho. Em seguida, pressiono o botão de ligar. Enquanto aguardo, olho mais uma vez ao redor, quase todas as camas estão ocupadas. O silêncio é quase absoluto, estão mesmo dormindo. Esfrego o rosto, como se desamassasse a minha preguiça com as mãos, depois me volto para o celular. Aperto o botão mais uma vez, o visor liga e as horas marcam onze e trinta da noite. Deixo o celular de lado por um tempo, não quero acreditar nas horas que vejo. Sinto uma preguiça enorme, como a de quem descansou mais do que precisava. Levanto-me devagar. Minha cama está próxima da porta que dá para o corredor da recepção do albergue. Vou até ela, olho para fora e só vejo escuridão. De repente, as luzes do corredor se acendem. São automáticas, não há ninguém do lado de fora. Ouço vozes baixas que parecem vir do quarto ao lado. Volto para a minha cama, pego o celular e ligo-o outra vez. O visor indica onze e trinta e um. Coloco o aparelho na cama e fico por um tempo sem saber o que fazer. Tenho sede e um pouco de fome, mas não tenho nada para comer. Levanto-me outra vez, decido ir ao banheiro. Calço a sandália, caminho devagar pelo corredor, uma peregrina de pijama cruza comigo. Encontro outro peregrino escovando os dentes na pia do banheiro. Entro, uso a privada, lavo minhas mãos e saio. Fico parado por um tempo no corredor do albergue, não consigo pensar no que fazer. No mínimo, eu dormi por seis ou sete horas seguidas. Penso que pode ser um sonho. Mas é tudo tão real, que abandono a possibilidade. Um casal passa por mim e me deseja uma boa noite. Uma placa na parede indica a cozinha no piso inferior. Desço. Dois jovens conversam baixinho, sentados à mesa do refeitório. Vou até a geladeira, pego uma garrafa d'água fria, procuro um copo na prateleira e encho-o. Bebo todo o copo e completo-o mais uma vez. Bebo toda a água e a fome fica maior. Os dois jovens na cozinha se despedem de mim e sobem. Olho ao redor, procuro comida. Encontro uma vasilha de biscoitos em um canto da bancada de pedra da pia. Pego-a e a coloco sobre a mesa, volto a abrir a geladeira, encontro uma caixa de suco aberta, não pestanejo. Pego um copo de suco emprestado e me sento à mesa. Como o máximo que consigo, enquanto penso na minha situação. Reparo que as minhas pernas não doem. *Talvez, tudo de que eu precisasse desde o início fosse de um bom descanso,* penso. Os remédios que comprei em Mansilla de Las Mulas também são mais fortes. Talvez por isso eu tenha dormido tanto e esteja me sentindo bem agora. O que faço pra passar o tempo? Ler, escrever... Não quero. Também não é hora de procurar por Sol. Nem sei se ainda devo procurá-la. Preciso repensar meu Caminho. Lembro-me da história que Jinez me contou, de um casal que só caminhava à noite. Não! Seria loucura fazer isso! Ainda mais sozinho. Mas o que fazer quando se está sem sono, em um albergue de peregrinos, numa cidade pequena como Astorga? E o que fazer com a vontade de caminhar?

 Vou até a porta de entrada do albergue, que está aparentemente fechada. Não insisto. Volto para o quarto, sento-me na cama, pego os fones de ouvido, plugo-os outra vez no celular e me deito. Acesso as redes, vejo que Nina me mandou mensagem com fotos de León: "Sou seus olhos em León". Leio notícias do Brasil enquanto escuto músicas. Mexo o máximo que consigo no meu aparelho, até me cansar. O relógio marca meia-noite e dez quando deixo o aparelho de lado para me deitar. Fecho os olhos, espero o sono chegar, mas ele não vem. Sinto que não há chances de ele vir nas próximas horas. Penso. Arrependo-me de ter dormido tanto. Que confusão de sentimentos. O meu corpo me diz que devo Caminhar, meu coração me diz que devo procurar por Sol e a minha cabeça me diz para desistir e seguir de ônibus a Santiago.

Fico mais um tempo deitado ouvindo música, até que me sento na cama outra vez, estendo a mão até minha mochila, começo a guardar todos os meus itens com calma e cuidado para não acordar os peregrinos. Calço minhas meias, guardo a sandália na bolsa e levo o restante dos meus itens para terminar de arrumar no corredor. Saio devagar do quarto, guardo o saco de dormir na bolsa, vou até a sala de calçados, pego meus tênis e meus bastões e vou à recepção. Está decidido: vou fazer o meu primeiro Caminho à noite.

Noite clara,
céu de areia.
O último que dormir
apaga estrelas.

Boa noite

A porta do albergue não estava fechada como pensei, estava apenas encostada. Do lado de fora, as luzes da cidade me ajudam e encontrar as setas amarelas do Caminho. Deixo os bastões amarrados na mochila enquanto ando pela cidade.

Devagar, noto um pouco mais do que não vi de Astorga. Não foi só o cansaço que matei nesta tarde na cama. Matei minha chance de conhecer um pouco mais da cidade e de, quem sabe, encontrar uma pista de Sol.

As setas me conduzem à mesma praça onde almocei com Jinez e Rose, agora vazia. Não há uma alma nas ruas. Os cachorros dormem sem se incomodar com minha presença. Avisto de longe a ponta da Catedral, ela está à minha direita, acima dos pequenos prédios da praça, e cada vez mais distante. O Caminho me leva para o outro lado.

Depois de quinze minutos de caminhada, percebo que estou chegando ao fim de Astorga. Uma pequena subida com poucas construções ao redor e alguns lotes vazios confirmam que a cidade está ficando para trás. O medo e o arrependimento começam a me acompanhar. Paro numa esquina, tiro a mochila das costas e procuro minha lanterna. As luzes já são poucas. Pego meus bastões, que estão amarrados na lateral da bolsa, volto a mochila para as costas e continuo a andar. A última seta amarela iluminada pelas luzes de Astorga me leva a uma estrada de chão paralela à rodovia. Acendo a lanterna, respiro fundo, olho ao redor e começo a caminhar pela trilha.

Sobre o chão de terra batida, carrego minha mochila, meus bastões e meu medo. Não enxergo um palmo à minha frente sem a lanterna. À minha direita, uma vegetação seca e rasteira me acompanha pelo trajeto. À esquerda, uma rodovia vazia. Faz mais barulho dentro de mim do que fora. Escuto a respiração, os pulmões se encherem com a brisa gelada da madrugada e ouço o coração bater bem rápido. No exterior, o barulho dos insetos e do vento me deixa o tempo todo em alerta. Qualquer ruído diferente me assusta. Não há carro, não há peregrinos, estou completamente só e não paro de pensar na loucura que estou fazendo.

🐚

Como é confuso o meu Caminho. Ora quero estar sozinho, ora com Nina, Rodrigo e Joaquim. Por vezes, recordo do que Joaquim me disse sobre encontrar o meu Caminho e procuro caminhar sozinho. Noutras, quero estar com Nina e também ajudar Rodrigo a encontrar Sol. O tempo no Caminho é muito curto para tudo que sinto. Talvez seja normal ficar confuso por aqui, mas não me sinto confortável dentro de tantos caminhos. Quero chegar a algum lugar logo. Estou cansado, quero ter clareza do que sinto, mas quanto mais eu caminho, mais me sinto escuro, mais difícil fica encontrar a clareza.

As pernas estão boas. Ainda sinto dores, mas são bem mais leves das que eu sentia. O descanso e os novos remédios estão funcionando. Animo-me com a possibilidade de chegar a Santiago andando.

Na estrada de chão, não há outra direção para seguir. Aos poucos, os olhos vão se acostumando com a noite e consigo enxergar um pouco mais do que está ao redor. A lua clareia o que a lanterna não alcança. Mas não há nada além de poucas árvores secas e mato.

Demoro quarenta minutos para alcançar a primeira cidade, Valdeviejas, que fica a dois quilômetros e meio de Astorga e que se revela aos poucos, à margem da estrada. O pequeno vilarejo está todo apagado. São dez para as duas da manhã e não há nada na cidade além de algumas casas e uma igreja velha. Parece uma cidade-fantasma e o barulho dos meus bastões tocando o chão ecoam pelo lugar como se eu fosse o próprio fantasma. Faço uma pequena pausa em frente à última casa da vila antes de continuar o Caminho. Bebo água e me alongo. Olho no mapa, estou a dois quilômetros do próximo povoado. O medo é grande, mas nem penso em voltar. Só em chegar bem em Foncebadón. Volto a caminhar, devagar.

Durante o trajeto, sou invadido várias vezes pelo pânico de estar só no meio de um país que mal conheço, com fome e sede. Minha água está na metade e ainda não andei um terço do trajeto até o meu destino de hoje. A comida que tenho são os últimos biscoitos que peguei no albergue de Astorga e uma banana. Começo a ter fome, mas decido estender um pouco minha vontade de comer para poupar os suprimentos. Não há possibilidade de encontrar algum café aberto até Foncebadón. Cruzo uma outra cidade pequena, deve ser Murias de Rechivaldo. A partir dela, a estrada encurta, vira uma trilha exclusiva para peregrinos e o meu pânico aumenta. Assusto-me com qualquer barulho, ora do vento que bate nas folhas, ora dos pequenos animais, como calangos, que rastejam entre a vegetação.

Resolvo mandar uma mensagem para Nina. Alguém precisa saber o que estou fazendo, caso aconteça alguma coisa. Pego o celular, tenho sinal. Abro o aplicativo de mensagens, procuro por Nina e escrevo: "Antes de tudo, estou bem. Estou no Caminho, entre Astorga e Foncebadón. Acabei de passar por Murias de Rechivaldo... Sinto um pouco de arrependimento de caminhar sozinho a essa hora, mas estou bem. Quando você acordar, devo estar bem próximo de Foncebadón. Sinto sua falta. Beijos. Luca".

Um minuto depois, meu telefone toca, é Nina:

— Luca, onde você está? — pergunta Nina assim que atendo.

— Estou debaixo de uma lua muito bonita. Você precisa vê-la — respondo em tom de brincadeira.

— Você está maluco? — Nina fala baixo, quase sussurrando, mas num tom notadamente preocupado.

— Desculpa se te acordei. Eu mandei a mensagem achando que você só iria ler pela manhã.

— O que você está fazendo, Luca? — insiste Nina em um tom mais alto.

— Calma. Não estou fazendo nada que um peregrino não possa fazer. E que bom ouvir sua voz.

— Você é maluco. Por que está fazendo isso? É perigoso caminhar sozinho a essa hora.

— Eu não sei, Nina. Talvez eu precisasse caminhar um pouco só. E a única hora que eu tinha para caminhar sozinho era essa — brinco. — Eu dormi a tarde toda em Astorga e acordei de noite, sem sono. Não tinha o que fazer, não conseguia dormir mais e, de repente, eu estava no Caminho. Foi um impulso, Nina. Achei que seria uma boa e estou aqui, com medo, mas estou.

— Isso é loucura. Onde você está exatamente?

— Acabei de passar por essa cidade que te mandei. A uns cinco quilômetros de Astorga. Você precisa ver como é o Caminho à noite. Às vezes, parece um sonho, com o céu cheio de estrelas. Às vezes, um filme de terror. A natureza faz uns barulhos esquisitos quando dorme.

— Você sabe que de noite não há nada, não sabe? Não há café aberto pra você beber nem comer nada. Você está levando água e comida?

Penso antes de responder, e para não deixá-la mais preocupada, minto:

— Sim. Eu tenho bastante água e comida aqui. Não se preocupe. Eu só te mandei a mensagem porque estava à toa e um pouco sozinho. Não era pra te deixar preocupada. Desculpa. Mas é bom ouvir sua voz de novo. Tem só um dia que não nos falamos, mas parece uma eternidade. Volte a dormir e não se preocupe. Quando você acordar, já vou ter chegado a Foncebadón.

— E suas pernas, como estão?

— Melhores. Acredite. Vou chegar a Santiago andando e depois vou te esperar para o nosso jantar.

— Eu quero só ver. Então se cuide, Luca. Avise-me quando chegar. E, por favor, tome cuidado por aí.

— Eu tomo. Foi bom ouvir sua voz, Nina. Nos vemos em Santiago!

Desligo o telefone com muita pena de ter acordado Nina, mas, ao mesmo tempo, com uma felicidade imensa em ter ouvido sua voz. Animo-me. O medo diminui um pouco e aproveito para aumentar a velocidade dos meus passos. Quero chegar logo a Foncebadón.

🐚

A noite, aqui, não é como o dia, que tem várias tonalidades. Enquanto o sol não aparece, tudo é escuridão. Pelo Caminho de Compostela, à noite, não se vê qualquer sinal de luz até chegar a um povoado. Cruzamos o interior da Espanha por trilhas e caminhos que recortam morros e plantações. A estrutura é mínima entre as cidades. A proximidade com a natureza e com o que é natural é uma das grandes belezas da caminhada. Na madrugada, essa proximidade é bem maior, é solitária. Estou sozinho, de frente para a natureza.

Caminho há mais de três horas. Estou cansado, mas ainda tenho pressa para chegar. Mantenho o ritmo acelerado, paro somente para me alongar e beber água. Acabei de atravessar um vilarejo chamado El Ganso. Olho no aplicativo, estou a doze quilômetros de Foncebadón. Ainda me faltam, no mínimo, duas horas e meia de caminhada, sem considerar as paradas para o descanso e a água. *Que maluquice foi essa de caminhar à noite?*, pergunto-me o tempo todo.

Em vários momentos, tive que parar para conferir a direção, procurar por placas e setas amarelas. A escuridão tenta esconder o caminho que devo seguir. Tenho sido cuidadoso com os sinais. E não continuo se não encontrá-los. Eles sempre aparecem, como me ensinou Rodrigo. *Será que estou sendo cuidadoso assim com os sinais da minha vida?*

Essa aventura noturna é uma pausa no Caminho congestionado que tenho feito. Entre Nina, Rodrigo e Sol, penso no que tanta gente me disse, penso no meu Caminho. Minha família me faz bastante falta agora. Quero chegar ao Brasil e dizer isso a eles, que os amo muito. Naíma... Também quero vê-la e dizer o quanto a amo. "Eu te amo, perdoa-me, eu te amo." É assim que termina um dos poemas mais bonitos de Cora Coralina, com um pedido de desculpas entre dois amores. Quero pedir desculpas à Naíma. Eu a amo e agora sei que esse amor é um caminho que não precisa ter fim. Que a nossa vida juntos acabou, mas o amor perdura, como um rio.

Às seis e meia da manhã, estou subindo uma trilha de mata fechada. As pedras no chão dificultam meus passos. Estou com sede. Mesmo com a economia, já não tenho mais água há quase uma hora. A fome também é uma habitante incômoda no meu corpo.

O céu ganha uma nova tonalidade: o azul-escuro. Atrás de mim, pequenos feixes de luz anunciam o nascer do Sol.

No fim da subida, meu telefone toca. É Nina com uma voz mais forte, de gente acordada:

— Luca!

— Nina! Estou vivo — falo com voz ofegante, mas em tom de brincadeira.

— Que loucura você fez. Você poderia ter morrido. Já chegou?

— Ainda não. Mas acho que estou chegando... — quando digo a Nina, vejo uma placa e uma primeira casa à minha frente. — Sim, estou chegando. Acho que estou vendo Foncebadón.

— Que bom! E como foi? Como estão suas pernas?

— Foi difícil. Bem difícil. Minha cabeça dói. Acho que por conta da temperatura mais baixa. Estou muito cansado... Mas cheguei. As pernas estão quentes, não sinto tanta dor na parte inferior do meu corpo. Acho que estou curado. — Apesar da dor da caminhada, sinto-me bem de verdade.

— Que bom! Pois não invente outra dessa, por favor. É muito perigoso. Eu já ouvi histórias de pessoas que tentaram e não conseguiram — Nina fala em tom de gente assustada. — Bom, vou deixar você descansar. Acabei de tomar meu café, estou saindo de León. Só queria saber se estava vivo. Vá descansar. *Buen camino* para mim e bom descanso pra você.

— *Buen camino*, Nina!

Desligo o celular feliz por Nina. Sei que o Caminho deixa todos um pouco mais sensibilizados. Mas o que tenho sentido por Nina é diferente, um carinho e uma vontade que não sentia há alguns anos.

Entro na cidade, ainda azulada pela pouca luz do dia, e cruzo com alguns peregrinos que estão começando a jornada do dia. A chegada é estranha. Cumprimento algumas pessoas, como se eu começasse a minha jornada agora, com elas. Estou disfarçado de peregrino normal. Mas que peregrino é normal quando decide cruzar a Espanha a pé?

A cidade é pequena. Do começo da única rua que existe, avisto seu fim logo à frente. Foncebadón fica sobre um pequeno morro, uma cidade toda de cascalho. Não há rua asfaltada e as casas parecem ter sido construídas ontem, onde não havia nada e ainda não há. As placas nas portas indicam que nessa cidade não há muita coisa além de albergues e poucas casas. Uma cidade de passagem para peregrinos. Peregrinos saem de todos os lados da rua, dos três albergues que avisto. Escolho na sorte o segundo, à direita, e entro. Por um estreito corredor, cruzo uma porta, passo ao lado da cozinha, onde alguns peregrinos tomam café. Uma mulher atende os que estão sentados no lugar. Atravesso o corredor até um pequeno pátio ao fundo, com mesas redondas de plástico e cadeiras espalhadas pelo espaço. Coloco a minha mochila sobre uma cadeira, sento-me em outra, desamarro um pouco os cadarços dos tênis e me deito sobre a mesa, com os braços sob o rosto.

Mal pisco meus olhos, sou sacudido pela mulher da cozinha. Demoro um pouco a me situar. Quando recordo, percebo que já é dia e que a minha piscada durou quase uma hora.

— Desculpa, senhor. Mas acho que você perdeu um pouco a hora — fala a mulher.

— Não... Eu que me desculpo. Sentei-me para descansar e peguei no sono. — Olho no celular e são sete e meia da manhã. Fico aliviado de não ter perdido tanto tempo quanto ontem.

— É que todos os seus amigos já saíram — diz a mulher preocupada.

— Sim... Não! Eu não vou caminhar... Bom, eu vou, mas não agora. Na verdade, acabei de chegar do Caminho — tento esclarecer minha situação, mas vejo que a mulher me olha como se eu fosse um maluco. — Acabei de chegar de Astorga. Fiz o Caminho de noite. Saí depois da meia-noite de lá e cheguei agorinha. Por isso apaguei no seu quintal.

— Ah... Desculpa ter te acordado! Então você precisa descansar.

— Sim. Preciso de um banho e uma cama. Você tem uma cama disponível para mim?

A mulher pensa antes de responder. Vejo que está desconfortável com a pergunta.

— O albergue só abre na hora do almoço. Porque precisamos fechar para limpar o lugar para os peregrinos que vão chegar. Não é comum receber gente a essa hora... Mas calma. Deixa eu ver uma coisa.

A mulher some dentro do albergue por alguns minutos e volta.

— Sim. Eu consigo um lugar pra você. O quarto duplo ficou fechado a noite toda, sem peregrinos. Posso te colocar lá enquanto limpamos o albergue. Você descansa e ao meio-dia eu te mudo de quarto para limpar o lugar antes de abrir. Pode ser assim? Eu te cobro pelo quarto comum, não se preocupe.

— Que ótimo! Claro que sim. Só preciso de uma ducha e uma cama. Ah! E se não for demais, será que posso tomar um café? Também estou faminto.

— Venha comigo!

A mulher me convida à cozinha, me serve um café, torradas com geleia, manteiga e uma prosa muito agradável. O lugar é bem simples, mas a recepção da hospitaleira o deixa ainda mais confortável.

Assim que termino o café, tomo uma ducha e vou direto para a cama.

Levanto assustado com as batidas na porta. Olho ao redor, estou sozinho no quarto e a porta está trancada. Três batidas secas na madeira se repetem enquanto caminho em direção à porta. Abro-a e vejo a hospitaleira:

— Desculpa te acordar. Mas, como combinamos, preciso limpar este quarto. O albergue já vai abrir — fala com certa vergonha. Vejo que está apressada e que deve estar batendo na porta há um tempo.

— Eu que peço desculpas. Isso não foi um cochilo, foi um desmaio. Vou pegar minhas coisas. — A hospitaleira ri constrangida, enquanto busco minha mochila.

Ela me acompanha até o outro quarto, que fica nos fundos do refúgio, depois do quintal. O espaço é um pouco maior do que o anterior, mas as camas estão mais espremidas. São três pares de beliche que dividem espaço com um pequeno armário de metal para os peregrinos guardarem suas mochilas. Deixo a minha ao lado da cama, estendo o saco de dormir sobre o lençol e me sento, para terminar de acordar. Ouço um burburinho vindo de outro lugar do albergue. *Os primeiros peregrinos*, penso. Não demora para que o primeiro entre no quarto. Nos cumprimentamos com um bom-dia. Ele se ajeita na cama do outro lado. Uma mulher entra em seguida e ocupa a cama de cima do rapaz. Possivelmente, estão juntos.

Decido sair um pouco do quarto. Visto uma camiseta e vou até a recepção. Uma fila de quatro peregrinos está formada à espera do atendimento da única hospitaleira do local. Vou até à porta, sento-me em uma cadeira embaixo de um guarda-sol e observo as pessoas chegarem.

O peregrino tem mesmo um jeito distinto de andar, meio arrastado, meio esgotado. Assisto às chegadas da porta do albergue e me vejo em cada rosto cansado. Consigo sentir o alívio que eles sentem quando avistam os albergues na rua. Algumas pessoas chegam sozinhas, outras, em grupos. E é muito comum ver casais caminharem juntos. O engraçado é que, depois de um tempo caminhando, as pessoas, por mais diferentes que sejam, se assemelham. A dor e o cansaço são iguais. O jeito torto de carregar a mochila, com o corpo levemente inclinado para a frente, as roupas coloridas de malhas finas, a mochila, o rosto suado, a pele queimada, tudo faz parte de um padrão de peregrino que caminha há um tempo. A exaustão deixa as pessoas idênticas na jornada.

No começo da rua, surge um casal que me chama a atenção. Os dois são bastante brancos. Ele, mais alto, caminha como se pudesse andar bem mais rápido, mas acompanha sua companheira. Ela se esforça para chegar. Quando se aproximam um pouco mais, percebo quem são: Maik e Eva. Levanto-me rápido e vou até eles.

— Luca! — Eva quase sussurra, de tão cansada que está.

— Venham! Deixe-me ajudá-los. — Ofereço os braços para as mochilas e bastões. Eva para e me entrega seus itens.

— Muito obrigada! Estou morta — diz enquanto respira aliviada.

— Pelo jeito você está curado! — fala Maik, em um tom de brincadeira.

— Não... Digamos que trapaceei um tanto pra chegar antes de vocês. Vamos entrar. Aqui está bem quente. — Levo-os para dentro do albergue onde estou hospedado.

Os dois estão cansados e queimados do sol. Eva aparenta estar mais fatigada. Ficamos no quintal, enquanto a hospitaleira atende os peregrinos que já haviam chegado. Ambos aproveitam para se refrescar em uma torneira de água potável disponível no pátio. Depois de alguns minutos de sossego, conversamos um pouco mais:

— Então os alongamentos funcionaram? — pergunta Eva.

— Bastante. Alongo-me o tempo todo. Mas ainda tive muitas dores depois da última vez que nos vimos. Quase desisti. No trecho de Mansilla de las Mulas até León senti as pernas e, como eu disse, trapaceei. — Maik e Eva riem enquanto continuo. — Peguei uma carona com um senhor simpático, o Raúl. E de León até Astorga, fui de ônibus para descansar e tentar recuperar. Voltei a caminhar nesse trecho de hoje.

— Você parece ótimo. Chegou a que horas? — pergunta Maik.

— Acho que antes das sete da manhã.

Os alemães me olham assustados.

— Está brincando, Luca?! — Eva me olha como se esperasse um "sim, estou brincando".

— Não. É verdade. Cheguei nesse horário. Fiz uma loucura esta noite, caminhei com as estrelas e foi horrível. Não façam!

— Que incrível! — Maik está surpreso. — Por isso essa cara amarrotada. Deve estar cansado...

— Sim! Não me arrependo, mas não repetirei e nem recomendo. Tive medo, sede e fome. A parte boa é que agora eu também tenho uma história de aventura pra contar sobre o Caminho.

— E eu pensava que você era a pessoa mais normal por aqui — diz Eva. — Na verdade, é só mais um maluco — completa, tirando risos de nós.

— Nós também fizemos algumas loucuras. Como estávamos bem, decidimos caminhar um pouco mais. Chegamos a fazer cinquenta quilômetros em um dia — fala Maik.

— Isso é uma loucura de verdade. Por isso estão adiantados — concluo. — Eu ia ficar mais um dia em Astorga, assim reencontraria um amigo. Tinha esperança de também rever vocês, mas digamos que o destino me fez voltar para o Caminho antes do esperado e agora estamos aqui, juntos.

— Isso é maravilhoso. As surpresas, como falamos antes, são como presentes da peregrinação. Não duvide, você ainda vai viver muitas surpresas até Santiago — afirma Eva num tom quase profético.

Em meio à conversa, a hospitaleira aparece e os convida para fazer o registro. Fico no pátio enquanto fazem o check-in. Depois, eles vão para os quartos, arrumam suas camas, tomam banho e voltam para almoçarmos. Decidimos pedir a comida no próprio albergue, que tem um cardápio agradável para o almoço. Não quero cansá-los mais do que já estão. Conversamos um pouco enquanto almoçamos e, assim que terminam, sugiro que descansem. Combinamos de nos encontrar mais tarde para um drinque e mais conversas. Eva quer saber detalhes da minha caminhada noturna. Eles se despedem e vão para o quarto, que fica ao lado do meu.

A comida também me deixa um pouco preguiçoso. Vou para o quarto, coloco meu fone de ouvido e escuto música na cama, enquanto relembro minha noite de peregrinação. Vejo que tenho nova mensagem de Nina, uma foto de uma piscina grande de plástico, num gramado bem verde e o texto: "Olha o que você perdeu hoje". Conversamos um pouco, conto que não há piscina em

Foncebadón, nem gramado tão verde assim, mas que reencontrei Maik e Eva: "Perdi uma piscina, reencontrei dois amigos. Não dá para ter tudo, dá?", e envio a ela. A conversa breve com Nina me deixa um pouco mais relaxado e o meu corpo se entrega à cama. Abaixo o volume da música e fecho os olhos. De repente, lembro-me de como perdi o dia em Astorga, dormindo. Pego meu celular, coloco o alarme para tocar às cinco da tarde e volto a dormir.

🐚

O povoado de Foncebadón parece uma ruína. Fica a mais de mil e quatrocentos metros acima do nível do mar, o que dificulta a chegada dos peregrinos. A subida é íngreme, em uma trilha estreita e com muitas pedras. A vila é um ponto de apoio bem visado no Caminho, pois é a última cidade antes da famosa Cruz de Ferro. Para quem quer chegar à Cruz bem cedo e ver o sol nascer de lá, Foncebadón é o melhor lugar para dormir, descansar e sair bem cedo, pois fica a dois quilômetros da Cruz, ou a meia hora de caminhada.

Às cinco e quinze da tarde, mais uma vez, estou sentado na porta do albergue, de frente para a rua, observando a movimentação no povoado. Grupos de peregrinos caminham nos dois sentidos. Um grupo de italianos bem jovens sobe rumo a um hotel que, aparentemente, mantém o bar aberto para todos. Um casal de senhores mais velhos sai do hotel e caminha em direção oposta, rumo à entrada da cidade. Eles passam por mim e sorriem, com a mesma cordialidade que vejo na maioria dos peregrinos do Caminho.

O povoado só tem uma entrada e uma saída. Chegamos a partir da parte de baixo, do pé da montanha, e continuaremos amanhã pelo topo. A rua, possivelmente, nos levará a uma trilha, que nos conduzirá morro acima, até chegarmos à Cruz de Ferro.

Depois, de acordo com o mapa, desceremos o morro pelo lado contrário, cruzaremos alguns outros povoados até chegarmos à cidade de Ponferrada, bem maior e com estrutura de cidade grande. Penso com calma nos próximos dias. Fico feliz quando percebo que não estou tão longe de Santiago. Faço planos, marco as possíveis datas da minha chegada e, enquanto imagino meu Caminho, Maik aparece de dentro do albergue:

— Agora, sim, pronto para outra! — comenta enquanto se espreguiça na porta do refúgio. — Descansou um pouco, meu amigo?

— Sim. Acabei de levantar. Estou aqui matando um tempo e pensando na minha chegada a Compostela.

— Estamos perto agora. Amanhã, quando pisarmos em Ponferrada, faltarão só duzentos quilômetros.

— Ainda parece muito para mim — falo em tom de graça.

— Mas imagino como é pouco para vocês, que estão fazendo o Caminho desde a França.

— Você ia adorar o começo, Luca. É bem diferente disso aqui. Esse trecho é seco demais, mas o começo é diferente, com verde, bosques, árvores grandes. Em algumas etapas, você passa horas dentro da mata, ao lado de rios... É maravilhoso. Mas logo essa sequidão também acaba. Quando entrarmos na Galícia, a última etapa, o cenário muda bastante.

— Quem sabe um dia eu volte pra fazer o Caminho todo...

— Quando pisar em Santiago você vai querer voltar — comenta Maik. Em seguida, Eva surge de dentro do albergue.

— Pronta? — Maik pergunta a ela.

— Sim! — Eva responde antes de me ver. — Olha quem já está aqui. Que bom, assim já vamos todos. Eu e Maik decidimos que hoje não vamos jantar. Estou cansada de comer, comer e comer. Hoje eu só quero beber algo leve, beliscar uma comidinha e conversar. O que acha, Luca?

— Gosto da ideia. Vou buscar minha carteira e já venho. — Vou até o quarto, pego a carteira na mochila, visto uma camiseta e saio com eles.

Subimos para o bar do hotel, aparentemente o único da cidade.

O lugar é pequeno, mas agradável. Alguns peregrinos estão sentados nas poucas mesas de madeira do ambiente. Avisto uma mesa livre ao fundo, vou até ela, enquanto Maik e Eva conversam e cumprimentam alguns conhecidos. Logo se sentam comigo, pedimos um vinho e conversamos por um bom tempo. Eles me contam histórias das duas jornadas que fizeram. Certa hora, sou surpreendido com um abraço apertado de Eva em Maik, seguido de um beijo. Vejo que ela percebe minha surpresa e comenta:

— Essa também era uma surpresa que a gente não esperava. Mas resolvemos vivê-la.

— Desculpa. Eu me assustei, mas não quer dizer que não tenha ficado feliz. É que eu não sabia... — rio enquanto me explico. — Vocês são pessoas bonitas. E que sejam ainda mais bonitas juntas.

Eva olha para Maik com carinho, e eu resolvo contar sobre Nina:

— Eu também não imaginava que iria viver uma história com uma pessoa aqui. Não vim para isso e não pensava que isso poderia acontecer agora. Mas aconteceu.

— A gente também não. É aquela menina que estava com você quando nos encontramos na tenda? Tinha um senhor também... — comenta Eva.

— Sim, é ela, a Nina. E o senhor é o Joaquim, ele terminou o Caminho em León. A Nina continua no Caminho, está um pouco atrás de nós. Nos conhecemos por acaso, quando eu tentava ajudar um amigo, o Rodrigo...

— Não sei se foi só o acaso, Luca — completa Maik.

— É, não sei. Mas são maravilhosos esses acasos, não? Estava relutante com isso, mas agora estou tranquilo para viver o que o Caminho me oferecer. Aliás, é uma coisa só minha ou as pessoas aqui ficam mais bonitas? — Minha pergunta tira risos de Eva e Maik.

— Acho que a dificuldade do Caminho, de você ter que caminhar todos os dias e com poucas coisas na mochila, vai nos despindo até que passamos a enxergar as belezas mais profundas, ou verdadeiras, das pessoas. Nem todo mundo é bonito, claro. E eu estou falando da beleza de dentro. Mas quem vem ao Caminho, na maioria das vezes, está tentando acessar essas belezas, ou está tentando navegar nas suas águas mais profundas. E isso é bonito, encontrar pessoas que querem sair do raso de si mesmas, querem um pouco mais de si, têm vontade de se conhecer melhor. Não estou dizendo que as pessoas consigam se encontrar aqui, mas é um interesse que diz muito sobre elas. O Caminho é só o começo de uma grande jornada de encontros. E também de desencontros — Eva fala com uma leveza que me encanta.

— Ainda tenho medo de navegar nessas minhas águas profundas e morrer afogado — brinco.

— Você vai conseguir. Não hesite em pedir ajuda. Você não precisa fazer isso sozinho — completa Maik.

— Está bem, não hesitarei. Não é fácil para mim, mas tenho aprendido a me abrir um pouco mais por aqui. Veja, já estou apaixonado. Não é um bom sinal? — Maik e Eva se divertem e trocam mais carinhos enquanto brinco. — Eva, você falou de encontros e desencontros... Quero dividir uma história com vocês. Preciso compartilhar pra ter certeza de que não estou maluco. Eu e esse amigo que falei, o Rodrigo, nós nos conhecemos no meu primeiro dia, em Burgos, ainda no albergue. Ele também está fazendo todo o Caminho, como vocês, e nesse dia estava mal porque havia se perdido de uma pessoa.

— Ele havia se perdido dessa pessoa aqui no Caminho ou antes de vir? — pergunta Eva.

— Aqui. Eles se conheceram aqui, caminharam juntos por alguns dias, se apaixonaram e se perderam. Fiquei até assustado com o tamanho da tristeza que ele carregava quando se abriu comigo, por isso resolvi ajudá-lo. Tentei caminhar com ele por algum tempo, mas ele andava bem mais rápido que eu e acabamos nos separando. Nos reencontramos e nos perdemos algumas vezes, até que, em León, nos vimos de novo. Ele ainda estava mal, sem pistas dessa mulher. Eu tentei procurar por ela algumas vezes, mas também não encontrei nenhuma pista, nenhum rastro dessa peregrina. Em León, tive que abandoná-lo outra vez por causa das dores nas pernas, então peguei um ônibus para Astorga com a promessa de esperá-lo lá. Mas aí, aconteceu o que contei mais cedo, eu dormi a tarde toda, perdi a hora e, em vez de esperá-lo no dia seguinte, fiz a caminhada noturna. Por isso, não nos reencontramos e agora nem sei se nos reencontraremos mais. Ele deve estar em Astorga.

— Que história interessante. Mas eles se separaram por quê? — pergunta Eva.

— Eu não sei. Isso é o que mais me intriga. Ele me disse que, um dia, acordou no albergue e ela havia sumido.

— Muito estranho. Nossa, até arrepiei — diz Eva.

— Você sabe o nome dela? — pergunta Maik.

— Sim. Ele me contou. Ela se chama Sol. Eu procurei nos...

— Eva me interrompe com um grito.

— Sol? — ela pergunta, enquanto olha para Maik. — Hoje nós conhecemos uma peregrina com esse nome.

— Onde? — pergunto eufórico. — E vocês sabem pra que cidade ela estava indo?

— Foi perto daqui. E sim, sabemos. Ela disse que estava vindo pra cá — responde Eva, enquanto olha ao redor para ver se a encontra. — Se ela estiver por aqui eu consigo reconhecê-la... Mas parece que não está.

— E agora já está meio tarde para procurá-la. Já passa das dez... — comenta Maik.

— Mas é a minha chance de encontrá-la. Se ela existe, eu preciso encontrá-la — falo enquanto olho ao redor.

— Se ela está em Foncebadón, você tem uma boa chance de encontrá-la amanhã cedo, na Cruz de Ferro. Fica bem pertinho daqui e é o ponto máximo do Caminho, antes de chegar a Santiago. Normalmente, quem escolhe dormir por aqui é quem pretende ver o sol nascer na Cruz — explica Maik.

— Então eu vou acordar bem cedo e esperar na Cruz de Ferro, até que ela apareça — falo decidido a acordar na madrugada.

— Mas como você vai reconhecê-la? — pergunta Maik, que é rapidamente respondido por Eva.

— Nós vamos com ele. Assim, quando ela aparecer, nós a reconheceremos e você, Luca, conversa com ela. Claro, com a condição de me contar o desfecho da história... — Eva brinca.

— Está bem. A que horas levantamos? — pergunto.

— Que tal às cinco? — Eva sugere. — Ou é muito cedo?

— Não. Pode ser às cinco. Ou até antes. Quanto mais cedo melhor — digo, enquanto pedimos a conta.

Tudo que quero agora é dormir para acordar cedo e encontrar Sol. Voltamos ao albergue com Eva observando cada peregrino que cruzamos. Nos despedimos na porta dos quartos.

— Amanhã vai ser um dia de muito sol, Luca. Eu prevejo.

Divirto-me com as brincadeiras de Eva. Vou para a cama ansioso pelo dia seguinte.

Por onde eu for, serei amor.
E não importa o caminho,
aonde eu for, serei amor.

A Cruz

— Eva. Desculpa te acordar. É que já são cinco horas — falo baixinho para não incomodar os outros peregrinos do quarto. Estou no quarto vizinho ao meu, ansioso para caminhar, mas constrangido de acordar Eva e Maik. Sem eles, não conseguirei encontrar Sol.

— Já vamos. — Eva levanta-se rápido da cama.

— Desculpa — digo mais uma vez.

— Não se desculpe. Já vamos — completa.

Vou para o pátio, já com a mochila pronta para sair. Eva e Maik saem rápidos, colocam de qualquer jeito seus itens na mochila. Vão ao banheiro e num instante estão prontos.

— Desculpa, Luca. Nós nos esquecemos de programar o alarme. Mas eu não perderia esse encontro por nada — Eva fala enquanto caminhamos para a saída do albergue.

— Está bem. Mas ainda estamos em boa hora. Aposto que somos os primeiros a levantar nessa cidade.

Do lado de fora, as poucas luzes da rua iluminam a subida por alguns metros. Não há ninguém pela rua. Quando ela acaba, entramos numa trilha pequena e escura, sinalizada por uma placa com a marca do Caminho. Eu e Maik acendemos nossas lanternas e seguimos assim, com poucas luzes, muito sono e ansiosos.

— Na Cruz tem um senhor que vende café, quitandas e frutas. Podemos nos abastecer por lá — fala Maik, pela primeira vez.

— Em meia hora, no máximo, chegamos — emenda Eva.

A noite está bem fresca. No começo do Caminho, eu sentia mais frio pela manhã, mas o corpo se acostuma rápido. E o calor dos dias mais quentes me faz querer aproveitar melhor o frio.

— E Nina? Você estava falando de Nina, mas não concluímos. Onde ela está? — Eva está curiosa pela minha história com a peregrina.

— Está dois dias de caminhada atrás de nós. Ela fez uma pausa em León e eu segui para Astorga.

— E fim? Vocês não vão mais se ver? — pergunta Eva, quase indignada.

— Não sei. Nós combinamos de nos encontrar em Santiago, mas eu já havia desistido de encontrar Sol. Agora, quero encontrar Sol e poder dar notícias a Rodrigo. Se for mesmo a pessoa que ele procura, penso em esperá-lo na próxima cidade. Acho que Rodrigo ficaria aliviado em saber como ela está.

— Por que, em vez de esperá-lo, você não manda uma mensagem e segue para Santiago? — questiona Maik.

— Rodrigo não tem telefone.

— Que pessoa rara — Maik comenta.

— Muito. Mas voltando a Nina, quero reencontrá-la, sim. Tomara que dê tempo. Temos um combinado de nos encontrar em Santiago, mas tudo vai depender do tempo. Tenho um voo já marcado de volta para o Brasil. Espero que Nina chegue antes para nos reencontrarmos — comento. — Mudando um pouco de assunto, estava pensando ontem à noite, antes de dormir, que vai ser difícil as pessoas acreditarem nas histórias que tenho vivido aqui. Tem hora que eu mesmo não acredito que esteja vivendo tudo isso. E o que mais me intriga é como as histórias, de algum jeito, se conectam com a minha vida. Ter encontrado Nina, a história do Rodrigo, Joaquim, Raúl, as hospitaleiras do albergue em Bercianos, vocês... Pessoas que mal me conheciam, mas que pareciam conectadas a mim de um jeito muito forte. Ouvi vários conselhos bonitos que quero levar para o Brasil e aplicar na minha vida.

Eva me olha com atenção, como se pensasse em algo muito importante para me dizer agora.

— Você está carregando sua pedra? — ela me pergunta.

— Para quê?

— Como assim para quê, Luca? Para você usar onde nós estamos indo agora, na Cruz de Ferro. Do jeito que fala, você tem dores que precisa deixar para trás. Tem uma tradição que diz que a Cruz é o lugar para você deixar os pesos da sua vida. Então, todo peregrino deve carregar uma pedra, que representa esses pesos. Quando você chega à Cruz, faz uma meditação, ou uma oração, como queira, e joga essa pedra nos pés do monumento. Eu estou carregando minha pedra desde a França. Ela representa tudo o que não quero mais em minha vida.

Eva se agacha à beira da trilha, escolhe uma pedra pequena, se levanta e a entrega para mim:

— Toma. Essa é a sua pedra. Agora pense no que você gostaria de deixar na Cruz. Quando chegar lá, você se desfaz dela. Não seja a ovelha negra do Caminho — diverte-se Eva. — Mas pense rápido, que já estamos bem perto.

Seguro a pedra por alguns instantes em minha mão, enquanto penso no que gostaria de deixar para trás, depois a guardo no bolso.

— Luca, me ajuda a iluminar ali na frente — pede Maik, enquanto mira mais adiante na trilha.

— É a Cruz? — pergunto quando miro a lanterna adiante e avisto algo.

— É — responde Maik, com uma voz já encharcada de emoção.

De longe, dá para ver sua grandiosidade.

— Qual a altura que ela tem? — pergunto.

— Cinco metros — responde Eva.

Diminuímos o ritmo gradativamente até ficarmos a uns dez metros do local. Ao contrário do que pensávamos, não somos os primeiros a chegar. Duas peregrinas estão um pouco adiante, paralisadas em frente à Cruz. Ficamos todos em silêncio por um momento. Sinto um leve arrepio, enquanto um flashback de todo o Caminho passa na minha cabeça.

Eva se aproxima um pouco mais do morro, retira sua pedra do bolso da sua calça, segura-a nas mãos por um tempo e joga-a no pé da Cruz. Maik vai em seguida, sem pressa, e repete o ritual de Eva. Sigo meus amigos, pego minha pedra e arremesso-a bem alto, sobre o morro. Eva me olha e acena positivamente com a cabeça. Continuamos em silêncio. Aos poucos, os olhos se acostumam com a escuridão do lugar e conseguimos nos ver um pouco melhor sem a lanterna. O céu começa a ganhar tons de azul. É o sinal dos primeiros raios de sol.

— Luca, não é nenhuma delas — sussurra Eva para mim.

— Delas o quê? — pergunto.

— Sol. Nenhuma delas é a Sol que conhecemos.

— Ah, está bem. Espero que tenhamos chegado antes dela — respondo enquanto olho para o rosto das peregrinas, que continuam em silêncio em frente à Cruz.

Eva me entrega seu celular e pede para que tire uma foto dela e de Maik na Cruz. Eles sobem o pequeno morro de pedras até o pé do monumento e fazem poses para a fotografia. Tiro várias, enquanto outros peregrinos começam a chegar ao local. Subo atrás dos dois até me encostar à Cruz. Olho para cima e comprovo sua altura.

Depois de algum tempo sobre o lugar, Maik aponta para um pequeno furgão estacionado do lado contrário ao que viemos e nos diz que é lá o café que havia mencionado. O furgão está parado e, ao lado dele, uma pequena tenda está montada, com três conjuntos de mesas e cadeiras sob ela. Somos os primeiros a ocupar o lugar. Sentamos em um ponto que, de onde estamos, é possível ver todos os peregrinos que chegam à Cruz e saem. Eva não tira os olhos das pessoas que começam a aparecer. Pedimos o café e ainda ficamos em silêncio por um tempo antes de conversarmos:

— E se ela aparecer, o que eu falo? Não posso chegar de repente e perguntar se ela é a Sol do Rodrigo... — comento.

— Calma, vamos pensar... — Eva olha para os peregrinos que continuam a chegar aos poucos e sugere uma ideia. — Como eu a conheci, bem pouco, mas ainda assim conversamos, posso puxar um assunto com ela e trazer você pra conversa.

— É melhor — concordo. — Mas o que eu falo? Pergunto se ela conheceu algum Rodrigo no Caminho?

— Calma, Luca. Você está muito tenso. Vamos dar um jeito — conclui.

Começo a ficar ansioso com a ideia de encontrar Sol. Eu não sei como ela é, seu rosto, sua altura, sua voz... Não sei de nada. Imagino uma mulher magra e alta, como quase todas as argentinas. É isso que imagino de todas as argentinas. Magras e altas.

— Eva! — falo quase num salto de felicidade. — Você se lembra se essa Sol que conheceram era argentina?

Maik responde atravessado:

— Sim! Fui eu que perguntei de onde ela era... E ela disse que era argentina. Por quê?

— Porque Rodrigo me disse isso, que a Sol era argentina. Só pode ser ela! — animo-me.

Já passam das seis e meia da manhã. Estamos na Cruz há quase uma hora e nada de Sol. Com o céu mais claro, começo a pensar que chegamos tarde demais. Eva não tira os olhos das pessoas que continuam a subir e a descer da Cruz. Ela olha atentamente cada rosto. Por algumas vezes, levanta-se e anda perto dos peregrinos, como se quisesse ter certeza dos rostos que vê. Cada peregrina que chega me deixa mais nervoso. Quando elas surgem, olho para Maik e Eva à espera de uma reação positiva, que não acontece. Maik dá uma sugestão, para não ficarmos tanto tempo parados:

— Nós podemos fazer o seguinte: seguir o Caminho devagar, assim, se ela estiver para trás, nos alcança. E quando alcançar, você conversa com ela.

— E se ela estiver para a frente? — pergunto com medo da resposta.

— Luca, eu duvido bastante que ela esteja na nossa frente — responde Eva. — Saímos bem cedo. Ela, no mínimo, estaria aqui quando chegamos. Vamos esperar mais um pouco — enquanto fala, continua atenta aos peregrinos que surgem.

— Está bem. Só acho que devíamos colocar um limite de hora. Que tal até as sete? Porque a jornada até Ponferrada é bem dura, lembra? — questiona Maik. — São muitas descidas. E você sabe como são as descidas...

Fico um pouco preocupado com o que Maik diz. De repente, Eva manifesta-se:

— Maik, olha! Eu acho que é ela. — Eva observa uma peregrina que se aproxima sozinha da Cruz.

— Espera... — Maik olha com atenção para a garota. — É ela!

Todos nos levantamos juntos. Eva olha para Maik, como se conversassem com os olhos. Maik se aproxima de Eva e começam a caminhar na direção da peregrina.

— Luca, venha — Eva fala baixo e acena com as mãos para que eu fique por perto. Sigo atrás deles.

Logo estamos próximos de Sol. Ela contempla o morro de pedras, no mesmo ritual que fizemos. Num movimento rápido, arremessa uma pedra com força sobre as outras pedras da Cruz, retira o celular do bolso e faz algumas fotos do lugar.

— Oi, Sol! Quer que eu tire uma foto pra você?

— Eva! — Sol responde com alegria ao revê-la.

Maik também a cumprimenta.

— Sim, por favor, faça uma foto minha lá no topo. — Sol começa a subir o morro de pedras.

Estou nervoso. Sol não me vê, mas a observo de longe. Ela é mais nova do que eu imaginava, mas tão bonita quanto esperava que fosse. Sobe o morro devagar, posiciona-se ao lado da Cruz e Eva faz algumas fotos. De repente, Sol se abaixa, como se lesse alguma coisa no chão. Eva me chama:

— Luca, fique perto de mim. Quando ela voltar, vou apresentá-los.

Meu nervosismo rouba o tempo que tenho para pensar no que dizer. Quando vejo, Sol está de frente para mim.

— Sol, olha que coincidência. Reencontramos Luca ontem em Foncebadón. Ficamos amigos dele há uns dias. — Eva nos apresenta, enquanto devolve o celular para Sol. — E parece que ele também ficou amigo de um amigo seu.

— Mesmo? Adoro essas coincidências do Caminho. — Ela sorri enquanto aguarda que eu fale algo. Fico imóvel por alguns segundos.

— Sim. Ele falou muito de você pra mim. — Engulo um pouco de saliva e continuo. — O Rodrigo.

O rosto de Sol muda bem pouco quando digo o nome do peregrino.
— Rodrigo? — pergunta.
— Sim! Rodrigo, brasileiro — insisto.
Sol fica pensativa por um momento, antes de responder:
— Não me lembro de nenhum Rodrigo. Ele disse que me conhece?
— Disse que se conheceram, caminharam juntos alguns dias e depois se perderam.
— Nossa! Estou sem graça, porque não me lembro. — Sol está nitidamente constrangida.
Insisto:
— Ele é magro, mais ou menos da minha altura, tem os olhos bem claros... uns trinta e cinco anos de idade.
— Não, desculpa! Definitivamente, não conheço Rodrigo.
— Mas qual a chance de ter outra Sol da Argentina por aqui?
Sol fecha o rosto, vira-se pra Eva e despede-se:
— Eu preciso ir. O dia vai ser duro e longo. Desculpa não poder ajudar — diz Sol, já em direção ao Caminho, que fica atrás da Cruz de Ferro.
Eva e Maik estão mudos. Parecem não acreditar na conversa:
— Você tem certeza de que ela se chamava Sol? — pergunta Eva.
— Certeza absoluta. E que era da Argentina, como essa Sol.
— Que esquisito! — comenta Maik.
— Acho que essa história está ficando boa demais — brinca Eva, enquanto nos olhamos.
— Luca, e você confia nesse Rodrigo? — pergunta Maik.
— Maik, eu não sei... — Respiro fundo enquanto penso na história. — Não pode ser mentira. A tristeza que vi no rosto do Rodrigo quando nos conhecemos no albergue não pode ser de mentira. Não pode! — exclamo com mais força.

No fundo, estou com várias dúvidas e isso me causa raiva. Pela primeira vez, sinto raiva de estar perseguindo uma história que pode não ser real.

— Você não tem medo de estar sendo enganado por ele? Tem muita gente doida aqui no Caminho, sabia? — comenta Eva.

— Um pouco. Eu preciso pensar — respondo olhando para o céu. O dia já está bem claro e o sol começa a queimar.

— Está bem. Bom, vamos buscar nossas mochilas — propõe Maik. — Precisamos voltar para o Caminho. Nada melhor do que caminhar para pensar direito nessa história.

Seguimos pela trilha, mas minha cabeça segue em outra direção. Qual a probabilidade de haver duas "Sol" da Argentina no mesmo Caminho?

No trecho seguinte à Cruz de Ferro, caminhamos devagar. Não há mais subidas, só descidas. Sinto-me no topo do Caminho, como se de agora para a frente ele fosse uma grande baixada até Santiago. Meu alívio de pensar que não haverá mais grandes subidas se desmancha com o alerta de Maik:

— Não se empolgue com as descidas, Luca. São elas que nos machucam.

— Pode deixar — respondo confiante no meu corpo.

Hoje é o dia que eu me sinto melhor fisicamente. Despreocupo-me com o alerta de Maik. Acompanho o ritmo dos meus amigos, que andam um pouco mais à frente. A descida é mais lenta. É impossível caminhar rápido em trechos com muitas pedras. Vejo que o dia será longo.

Cruzamos alguns vilarejos e, em cada pausa, conversamos sobre o mesmo tema: Rodrigo e Sol.

— E se nenhum deles estiver mentindo? E se for mesmo coincidência ter encontrado outra Sol? — questiona Eva.

— Qual a probabilidade de isso acontecer aqui, no Caminho, e no mesmo trecho em que a Sol do Rodrigo estaria? — desafia Maik.

— Fico me lembrando da história, de como a gente se conheceu, de tudo que ele me contou, do que vi, da tristeza que ele sentia... Não consigo acreditar que seja tudo mentira. Rodrigo estava muito triste, foi por isso que me preocupei com ele. Foi por isso que caminhamos juntos e é por isso que, por mais absurda que seja, não descarto a hipótese de Eva de que existam duas "Sol". Porque, das possibilidades, ela ainda é a que faz mais sentido.

— Está bem. Pode ser — Maik fala mais conformado com a possibilidade. — Mas, bem, não podemos ficar aqui parados por muito tempo porque o clima já está esquentando e Ponferrada ainda está longe. Vamos!

Antes de sair, pego meu celular para ver as mensagens. Nina me enviou notícias mais cedo e eu não vi. Está a caminho de Astorga, há dois dias de mim. Faço cálculos e, caso eu consiga chegar a Santiago na data prevista, e se ela também não tiver imprevistos, teremos apenas uma tarde juntos antes do meu voo.

Penso em Rodrigo. No fundo, ainda espero que esteja bem. Mas já não sei se quero reencontrá-lo pra saber o fim dessa história. Seria duro descobrir que foi tudo mentira.

🐚

Ao meio-dia, chegamos a uma pequena cidade chamada Molinaseca. Para acessar o povoado, atravessamos uma ponte sobre um rio de água cristalina. Alguns peregrinos estão embaixo, refrescando-se. Nos entreolhamos os três, encharcados de suor e muito cansados, e não pestanejamos. Descemos para o rio.

O percurso de hoje está sendo mais duro do que eu previa. Quando paro, minhas pernas latejam, fervilham. Sentado ao lado do rio, tiro meus calçados e vejo meus dois pés inchados. Preocupo-me e chamo Maik para avaliar:

— Olha como estão meus pés.

— Você tem se alongado? Parece falta de circulação, Luca — Maik comenta preocupado.

— Confesso que desleixei. Excesso de confiança e esquecimento. Vou me alongar. — Levanto-me e tento esticar o meu corpo, mas as pernas estão travadas e doem bastante quando as estico.

— Entre um pouco no rio. A água gelada também vai te ajudar — sugere Maik.

Atendo à sugestão e mergulho de roupa e tudo na água. Onde estamos, o rio não é fundo. Quando fico de pé, a água bate no meu peito. Mergulho até o pescoço e descanso, deixo o corpo boiar por um tempo, meu pensamento flutua sobre a água, desligo-me. De olhos fechados, ouço o que Raúl me disse no carro: "Você não está aqui por acaso. Ninguém está aqui por acaso".

Abro meus olhos como se tivesse cochilado. Vejo Maik e Eva conversarem enquanto se enxugam do lado de fora do rio. Não os vi se banharem. Devagar, saio do rio, pego minha toalha na mochila e me seco. Troco a camiseta por uma blusa seca, penduro a camiseta molhada do lado de fora da bolsa, junto com a toalha, e calço meu tênis. Meus amigos continuam a conversa, ainda descalços e com as roupas molhadas. Coloco a mochila nas costas, aproximo-me deles e me despeço:

— Estou indo.

Eva se assusta:

— Espera. Nós também já vamos.

— Não se apressem. Nos reencontraremos logo mais, em Ponferrada. Vou dar um pouco de sossego a vocês até lá. Também quero botar a cabeça em ordem. — Passo as mãos nas costas de Maik e Eva e saio em direção à cidade.

Atravesso o povoado sem pressa. Molinaseca é charmosa, cheia de casas de pedras antigas. Mas, ao mesmo tempo, tem muita estrutura para peregrinos: restaurantes, cafés, pequenos mercados, farmácias. Paro em uma mercearia para comprar frutas. Depois, continuo o Caminho.

Não há mais descidas. Na saída de Molinaseca, uma pequena subida incomoda minhas pernas. Sinto um arrepio no corpo, o velho e conhecido arrepio. Respiro fundo algumas vezes, consigo conter o meu choro dessa vez. As pernas, novamente elas, as pernas, reclamam.

O sol está forte, caminho em uma calçada extensa ao lado da estrada, onde carros passam constantemente nas duas direções. Uma placa à frente indica que o Caminho continua à direita, numa pequena estrada de chão. *O Caminho sempre continua, independentemente da direção que você escolha*, penso alto. Saio da estrada, entro na trilha e a subida termina, mas as dores persistem. Ainda faltam oito quilômetros até meu destino do dia. Desacelero o passo para tentar manter um ritmo lento, mas constante.

Faço um flashback do meu Caminho, dos encontros bonitos que tive. Lembro-me do primeiro dia com Rodrigo, não penso na sua tristeza, mas no nosso encontro no café, nos primeiros passos que demos juntos. Recordo-me de Joaquim, de como nos conhecemos por acaso, dele dançando tango no albergue, do tanto de vida que carregava consigo, da minha felicidade em caminhar com ele. Lembro-me também de Nina, da surpresa ao enxergar como ela vive o amor, sua forma leve de desfrutar o Caminho, do nosso beijo e da beleza que esse momento teve. Jinez e Rose, onde será que estão? Espero que estejam bem. Téia, Carlos, Raúl, as irmãs do albergue em Bercianos, cada um deles atravessou meu Caminho como o pássaro que acaba de cruzar o céu à minha frente: breve e gracioso. Recordar essa jornada, os encontros, as amizades, o afeto, é uma anestesia para as dores. Quanto mais eu caminho, mais eu encontro o amor.

São duas e quinze da tarde quando chego a Ponferrada. Minhas pernas não aguentam mais caminhar. Recordo-me do alerta de Maik, que as descidas machucam. Praticamente arrasto-me enquanto persigo as setas amarelas na cidade. Uso os bastões como se fossem muletas. É um alívio chegar. A dor física só não é maior do que a dor da decisão que tomo agora: minha caminhada termina aqui, em Ponferrada.

Paradoxalmente, eu só consegui pôr um fim à peregrinação porque compreendi com as pessoas que conheci que depois que se começa o Caminho ele nunca termina. Essas lembranças boas do que vivi, das histórias que compartilhei são como sementes plantadas em mim, que começam a germinar para crescer, dar novas sementes e se espalhar ao meu redor. O meu Caminho continua, porque o Caminho sou eu, por onde eu for.

Sigo pela cidade, orientado pelas placas. Encontro o Albergue Municipal e, de repente, decido não me hospedar nele. Sigo até encontrar outro albergue. Adiante, encontro um privado. Entro, facilmente faço minha reserva e me hospedo. Não quero me despedir aqui, em Ponferrada, de Maik e de Eva. Nos reencontraremos em breve, em Santiago.

Almoço na lanchonete do refúgio e subo para o quarto. Pego meu diário e começo a escrever nas últimas páginas do meu caderno. Passo a tarde assim, escrevendo e me lembrando dos dias na Espanha. Recordar me emociona, me conecta de um jeito profundo ao que vivi. E quando me lembro de Rodrigo, sempre

Rodrigo, reflito que não preciso saber a verdade para ajudá-lo. Preciso aceitá-lo. E eu aceito sua tristeza, sua dor, aceito ter caminhado ao seu lado, ter feito o Caminho para ajudá-lo. Assim, eu também aceito o Caminho que fiz.

À noite, coloco o celular para despertar às oito. Amanhã pela manhã, de táxi, vou para a rodoviária. E de lá, para Santiago esperar meus amigos.

Na dúvida, ame.
Na falta de amor, duvide.

Santiago

Da janela do ônibus, avisto as primeiras casas de Santiago. Sinto-me ansioso, quanto mais me aproximo da cidade. Se estou assim dentro de um ônibus, imagina quem chega a pé, depois de um mês de caminhada. São muitas sensações ao mesmo tempo. Existe em mim uma tristeza de não ter conseguido caminhar como eu queria. O Caminho que enfrentei foi bem diferente do Caminho que eu imaginava fazer. Também não é possível prever um Caminho, e, se o fosse, que graça teria cumpri-lo? Chego de ônibus, mas com a sensação de ter feito o máximo para chegar. Esse foi o meu Caminho, de esforço. Imagino quantas jornadas são possíveis dentro de uma mesma estrada, uma mesma trilha. Alguns caminham pela fé. Outros, pelo corpo, pela alma, pelo amor. São infinitas as jornadas dentro dessa caminhada.

Ainda no ônibus, faço cálculos dos dias que terei disponíveis em Santiago. O que não me falta é tempo para me recuperar e aproveitar Compostela. Com sorte, ainda consigo esperar meus amigos chegarem. Seria bonito assistir a suas chegadas, abraçá-los, ouvir suas histórias e brindar com eles tudo que vivemos aqui.

O ônibus estaciona na rodoviária na hora prevista, às onze da manhã. Um pouco perdido, pergunto no guichê de informações a direção do Centro Histórico da cidade. Descubro que estou há uns três quilômetros de distância do local e, apesar da minha condição, decido de imediato chegar à Catedral caminhando. Vou a pé até lá, sem pressa, com cuidado e aproveitando para descobrir a cidade. Aciono os bastões e começo a minha última caminhada.

Chegar à Catedral é o momento mais esperado pelos peregrinos. A Praça do Obradoiro, onde está a Catedral, fica o dia todo lotada de peregrinos, que chegam em grupos ou sozinhos. Quero viver a sensação de chegar nessa praça, avistar a Catedral e abraçar as pessoas que se entregaram a essa aventura.

No começo da caminhada, a paisagem é muito fria. Atravesso bairros com poucas casas, lotes vazios e ruas extensas. Aos poucos, a paisagem muda para a de uma cidade normal, com comércio, movimentação de carros, ônibus e pessoas indo e vindo trabalhar. Minha fantasia de peregrino não me deixa passar batido pelas pessoas, que me cumprimentam como se me parabenizassem por ter chegado até aqui. Alguns outros peregrinos me ultrapassam, com mais pressa do que eu para chegar. Outros, caminham próximos a mim.

Num certo momento, numa curva à direita que precede uma baixada, avisto o que imagino ser a ponta da Catedral. Assusto-me. Olho ao redor e vejo outros peregrinos encantados com o que veem. Alguns param pra fazer fotos. Respiro fundo, deixo o nervosismo se diluir sobre meu corpo e prossigo, sem fotos, mas com o coração em ritmo acelerado. A baixada é a divisão entre a parte nova e a parte velha de Compostela. Estou entrando no Centro Histórico da cidade.

As ruas são mais estreitas. Consigo enxergar as setas amarelas que me conduzem ora à direita, ora à esquerda. Assim, caminho devagar sobre as ruelas de pedras e rodeado por construções mais altas e visivelmente antigas. Há muita história guardada aqui.

Entre uma curva e outra, escuto ao fundo uma música irreconhecível. Quanto mais caminho na direção indicada, mais alta ela fica. Passo por outra rua estreita, que me leva a uma descida larga, de chão de pedras claras. A música ganha corpo, ressoa pelas paredes duras ao meu redor. Uma parede maior à esquerda chama a minha atenção. Quando percebo que estou ao lado da Catedral, emociono-me e choro. Outro filme passa à minha cabeça, um filme que só eu poderei assistir e saber como começa e termina. É o filme das minhas dificuldades até aqui, do meu medo de caminhar, do fascínio com o Caminho... Emociono-me até com as dores que sinto agora. Elas representam cada dificuldade que tive de superar no Caminho. E, também, a minha dificuldade em aceitar e reconhecer meus limites.

Continuo a caminhada um pouco mais lento. A música está mais alta agora. Desço uma pequena escadaria, que dá em uma espécie de portal. Nele, um músico toca uma gaita de fole com a mesma beleza com que um pássaro canta a chegada da primavera. Paro por alguns minutos para ouvi-lo. A música me dá paz. Fecho os olhos, respiro fundo algumas vezes, depois tiro uma moeda do bolso e deposito na mochila que está em frente ao músico. Sigo pelo portal, atravesso-o, faço outra curva à esquerda e dou de cara com a Praça do Obradoiro.

Caminho com passos lentos pelas pessoas que já estão no local. Algumas estão sentadas, escoradas nas mochilas. Outras estão de pé, olhando a fachada da Catedral. No fundo, outros grupos de peregrinos se abraçam e cantam músicas que não entendo, mas sei o que representam: a felicidade de chegar.

Olho todos, como se procurasse um rosto conhecido no meio de pessoas do mundo todo. Meus amigos ainda estão para trás. Mas eu queria todos aqui comigo, agora. Ou melhor, eu queria estar com eles no Caminho para chegarmos juntos.

Depois de duas horas sentado no chão da praça, observando as pessoas que chegam e compartilham suas felicidades com outras, uma leve chuva começa a cair em Santiago. Quase todos os turistas se vão do lugar. E quase todos os peregrinos ficam para receber a garoa, que cai como uma pluma das poucas nuvens do céu.

É engraçado como as lembranças agora são mais carregadas de belezas que tristezas. Por mais difícil que tenha sido a caminhada, a memória insiste em resgatar os momentos mais bonitos, como se quisesse encobrir com saudade os momentos ruins. E apesar do pouco tempo em Santiago, já estou encharcado de saudade.

Levanto-me da praça e, antes de visitar a Catedral e conhecer Compostela, preciso encontrar meu albergue. Seminário Menor é o refúgio que procuro para me hospedar. Não vou longe para pedir informação. No primeiro café, pergunto a um atendente sobre o seminário e ele me indica a direção. Parece que estou bem perto.

Caminho alguns metros, um pouco perdido e um pouco encantado pela atmosfera de Santiago. Cada curva revela uma outra rua para ser admirada.

Mais adiante, avisto uma placa com a indicação "Seminário Menor à direita". Viro-me na direção indicada e vejo, do outro lado de uma grande baixada, um seminário enorme edificado sobre o morro. Fico impressionado com o tamanho do lugar.

Caminho devagar na direção da baixada. As pernas sentem bastante quando começo a descer. As descidas exigem uma contração maior do músculo das pernas, e a cada passo sinto latejar o corpo. A subida é menos dolorida. Chego ao topo cansado. Entro pelo portão de metal, atravesso um extenso pátio e chego à porta de entrada. Peregrinos estão espalhados pela escadaria. Não há fila no check-in. Sou rapidamente atendido e me oferecem um quarto individual. Animo-me com a possibilidade de dormir em um quarto só para mim, com um preço muito baixo. Reservo a hospedagem por uma semana, subo para o terceiro piso e abro a porta do quarto com a chave que me deram. O espaço é pequeno, mas suficiente para o que preciso: uma cama de solteiro, uma mesa de escritório com cadeira, um pequeno armário para roupas e uma pia. O quarto não tem banheiro. No seminário, eles são todos coletivos, como nos albergues do Caminho. Deixo a mochila sobre a mesa, deito-me na cama e começo um choro guardado desde que cheguei a Santiago. Não é a tristeza que escorre de mim. Meu choro é como a nuvem que derramou em Santiago uma garoa fina e delicada. Refresco-me com a minha chuva. E durmo.

À noite, o Centro Histórico de Santiago se transforma em um lugar de encontros de turistas e peregrinos. E é muito fácil distingui-los. Todos continuam com as mesmas roupas de malhas coloridas, típicas de peregrinos, bermudas, calçados, e estão sempre em grupos, conversando e rindo bastante. Uma felicidade merecida. Santiago é um prêmio para os peregrinos.

Não tenho direção, caminho pelas ruas estreitas, enquanto penso em como seria bom se os meus amigos estivessem aqui comigo para desfrutarmos juntos esta noite. Agora, tudo que posso fazer é esperar. E estou decidido a esperar por cada um deles aqui. Inclusive Rodrigo. Preciso reencontrá-lo. Pelos meus cálculos, eles devem começar a chegar daqui a uma semana, ou seja, na próxima quinta. Meu voo é no domingo.

Sento-me num bar de esquina, onde o movimento de peregrinos é grande. O bar fica ao lado da Catedral e, de onde estou sentado, vejo todos que passam pela rua. Tomo cerveja e como uma pasta. Fico mais de hora sentado olhando as pessoas atravessarem o local. Quando o movimento diminui, percebo que já é tarde, acerto minha conta e retorno ao albergue.

Santiago tem uma noite bonita no verão. A temperatura diminui no fim do dia, e o céu, quase sem nuvens, ganha as luzes naturais das estrelas. Do albergue, a vista da cidade é encantadora, como se ela flutuasse sobre o horizonte. Fico na porta do refúgio por algum tempo, até que a escada se esvazia. Depois, subo para o quarto com o mesmo cansaço que sentia nos dias de caminhada. Talvez ainda demore para que o corpo se sinta completamente descansado.

Os próximos dias serão de saudade e paciência, enquanto aguardo notícias dos meus amigos. Antes de dormir, pego o celular para mandar uma mensagem a Nina e vejo que tenho uma nova mensagem: "Estou em Foncebadón. Por que não me disse que essa cidade era fantasma?", brinca e completa em outra mensagem: "Você não me pediu, mas estou monitorando Rodrigo. Ele está um dia na minha frente. Vi nos registros do albergue. Fique tranquilo. Beijos". Rapidamente, decido não contar sobre Rodrigo. Quando ela chegar a Santiago conto tudo. "Não tenha pressa, mas já estou te esperando em Santiago", revelo. Conversamos mais um pouco antes de nos despedirmos.

Crio uma rotina para os dias de espera em Santiago. Acordo muito cedo, o corpo ainda está acostumado com os horários da peregrinação. Desço do seminário para o Centro Histórico, no caminho, passo em uma banca, compro um jornal e me sento em um café de esquina. Gasto meia manhã no café, depois ando um pouco pela cidade até a hora do almoço e me dirijo para a praça da Catedral para esperar a chegada dos peregrinos.

    Fico horas observando como eles chegam, seus semblantes emocionados, os abraços que se dão, as lágrimas, as fotos que fazem em frente à igreja, ouço-os cantarem... Vê-los assim é uma forma de reviver o Caminho que fiz. Também me encho de amor vendo as pessoas trocarem carinhos. Quero abraçá-las, mas não as conheço. Por isso, torço para que meus amigos cheguem a tempo, para nos vermos, nos abraçarmos e eu poder dizer, mais uma vez, como foram importantes na minha jornada. O que o Caminho tem de mais bonito é essa aproximação das pessoas, a cumplicidade. Todos que fazem a peregrinação passam pela mesma dureza e, por isso, em algum momento, entendem o significado da palavra empatia.

    Depois da praça, almoço em algum restaurante escondido nas pequenas ruas ao redor da Catedral e volto para o albergue. À noite, janto na lanchonete do refúgio e me sento na escadaria do seminário para escrever memórias do Caminho. Uma rotina que me ajuda a acelerar os dias de ansiedade em Santiago.

    Repito o ritual pelos dias seguintes, com poucas alterações na rotina. Outro dia, passei por um salão de beleza e resolvi cortar o cabelo. Noutro, visitei igrejas ao redor da Catedral e me sentei em uma praça para ver um espetáculo de humor a céu aberto. A Catedral, deixei para visitar quando os amigos chegarem.

    Nina me envia notícias quase todas as noites. A última que recebi foi ontem, quarta: "Estou quase chegando. Nem acredito que faltam três dias para Santiago. Rodrigo continua no Caminho. Deve chegar um dia antes de mim. Espere-me na praça".

Hoje, quinta, acordo cedo e mudo meu plano. Tomo café no albergue e vou direto para a praça da Catedral esperar os peregrinos. Pelas informações de Nina, Rodrigo deve chegar amanhã, mas Maik e Eva, se ainda estiverem no Caminho, chegam hoje. Quero recebê-los na Catedral.

Chego à praça às oito e trinta da manhã e, por mais cedo que seja, alguns peregrinos já começam a chegar. Olho ao redor, não vejo rostos familiares. Sento-me escorado em uma pilastra, do lado oposto da Catedral, com vista para toda a praça. Miro cada rosto. Compartilho das emoções dos peregrinos que chegam. Mesmo de longe, consigo sentir suas dificuldades e a felicidade em chegar. Minhas pernas também sentem suas dores e alívios.

Logo me lembro do que Maik e Eva me disseram outro dia, que assim que eu chegasse a Santiago sentiria vontade de fazer todo o Caminho. Aqui, observando as chegadas, recordando-me dos dias de jornada, já sinto essa vontade. Com mais tempo e preparo, talvez eu consiga cumprir os oitocentos quilômetros de peregrinação.

— No que será que pensa esse peregrino solitário? — pergunta-me uma voz masculina.

Quando me viro, Jinez e Rose estão do meu lado e me esperam com os braços abertos. Levanto-me rápido e, em segundos, estamos os três abraçados.

— Que saudade que eu estava de vocês! — digo com os olhos cheios d'água.

— Nós também, Luca. Falávamos hoje de você. E o universo nos trouxe até aqui — responde Rose.

— Chegaram hoje? — pergunto.

— Não. Chegamos há dois dias. Lembra que paramos de caminhar em Astorga? Fizemos um grande passeio de ônibus pelo Caminho e chegamos anteontem a Santiago — diz Jinez.

— Ficam até quando?

— Amanhã já voltamos para casa — diz Jinez. — E você?

— Há uma semana que estou de molho em Santiago.

— O que aconteceu? — pergunta Rose preocupada.

— O que já vinha acontecendo. Cheguei a Ponferrada muito mal, com as pernas inflamadas e decidi parar de vez. No outro dia, peguei um ônibus direto para cá.

Eles me olham atentos, enquanto conto um pouco do que vivi nos últimos dias. Falo de como me distanciei de Nina e Rodrigo em Astorga, narro a minha caminhada noturna e eles ficam surpresos com a minha coragem. Compartilho também o encontro com Maik e Eva em Foncebadón. A única história que evito comentar é a de Rodrigo e Sol.

Passamos boa parte da manhã conversando na praça, até que eles decidem andar pela cidade. Antes de partirem, combinamos um jantar no fim do dia, numa cozinha italiana em uma rua próxima dali. Jinez me explica a direção, que entendo sem dificuldades. Depois de um abraço apertado, eles se vão, enquanto observo-os escorado na mesma pilastra.

Aos poucos, reconheço alguns rostos que começam a chegar. Lembro-me de tê-los visto em Foncebadón. Troco cumprimentos com alguns, que também me reconhecem, enquanto se abraçam e comemoram suas chegadas. São dez e meia da manhã, e a praça já começa a ficar cheia. Daqui ao meio do dia, o lugar fica tomado de gente, peregrinos que chegam ou que vêm receber os amigos. Fico atento a cada novo grupo que surge, à procura de conhecidos.

De longe, avisto um casal que caminha abraçado na direção do centro da praça. Os dois estão com os olhos vidrados na Catedral. Vez ou outra se abraçam com mais força, trocam beijos e continuam a caminhada. Levanto-me e caminho na direção em que eles vão. Aos poucos, ficamos mais próximos, sem nenhum

deles me ver. Quando estão a menos de um metro de distância, coloco minhas mãos em suas costas e falo:
— Sabia que vocês formam um belo casal?
Eva me olha e começa a chorar. Maik me abraça com Eva entre nós. O abraço apertado demora, estamos silenciados pela emoção da chegada dos dois.
— Você fugiu de nós — grita Eva enquanto me abraça.
— Não! Eu fugi de mim. Em Ponferrada tive que encerrar minha caminhada. E vim esperar por vocês em Santiago.
— Que bom que está aqui — responde Eva com outro abraço. — Você está bem?
— Estou! Apesar de não ter conseguido chegar caminhando, estou feliz com o Caminho que fiz.
— Mas ele não acabou. Só está começando, não se esqueça disso — completa Eva.
— Está bem. Não vou esquecer. Eu estava torcendo por vocês. Como estão? — Olho para Maik, que me responde:
— Cansados e felizes. É a segunda vez aqui, mas a sensação é como se fosse a primeira — responde Maik.
— Lembra que você me disse que quando eu chegasse a Santiago ia querer fazer o Caminho de novo? Pois então, você tinha razão, eu já quero voltar.
—A segunda vez é bem mais fácil para o corpo. Você vai ver.
Passamos mais de uma hora na praça conversando sobre os últimos dias de caminhada de Eva e Maik. Eles me contam detalhes dos albergues, das cidades, de como o Caminho estava lotado nos últimos cem quilômetros. E me contam que também reencontraram Sol, mas não falaram com ela.
— Ela estava visivelmente constrangida com a gente. Então, decidimos não falar mais nada — Eva comenta.
— Fizeram bem. Apesar de tudo, ainda penso muito em Rodrigo. Espero que esteja bem.

— Você acha que ele ainda está no Caminho? — pergunta Maik.

— Há poucos dias, Nina me disse que sim, que estava um dia à frente dela. Pelas minhas contas, ele deve chegar amanhã.

— E você vai procurá-lo? — pergunta Eva.

— Eu quero, mas estou com medo. Não sei se devo — respondo a Eva. E ela comenta:

— Se você quer, então você deve.

Ficamos na praça por mais alguns minutos e depois seguimos para as ruas do Centro Histórico. Eva e Maik fizeram reserva em um hotel, então não têm pressa para o check-in. Convidam-me para almoçar em um restaurante que descobriram na primeira vez que fizeram o Caminho. Fica perto da Catedral, em uma das ruelas do Centro. Caminhamos devagar, chegamos ao local, encontramos uma mesa e nos sentamos como se nos déssemos um prêmio pela dureza que enfrentamos. Passamos a tarde quase toda juntos. Bebemos, comemos e conversamos bastante.

Às quatro da tarde, deixamos o restaurante e seguimos pela cidade até o hotel onde Maik e Eva fizeram reserva. Ele fica no caminho do seminário. Na porta, nos despedimos:

— Vocês ficam até quando? — pergunto a Maik.

— Até amanhã! Ao meio-dia, pegamos um voo para Portugal. Vamos descansar alguns dias por lá antes de voltar para a Alemanha.

— Vocês merecem. Então essa é nossa despedida — digo com um abraço apertado em Maik e outro em Eva.

— Pegue meu e-mail. — Eva pega um papel na mochila, anota o e-mail e me entrega. — Mande notícias do Brasil. De repente, nos reencontramos aqui quando você decidir voltar. — Os olhos de Eva brilham.

— Obrigado, meus amigos. *Buen Camino!* — Eva e Maik respondem com um sonoro *Buen Camino,* enquanto me viro e sigo rumo ao seminário. Meu choro é de felicidade.

Olho no relógio e me lembro do encontro com Jinez e Rose no fim do dia. Chego ao albergue às quatro e meia, programo o celular para me acordar às seis e me deito.

🜚

Quando encontro o restaurante que Jinez havia me indicado, são sete e quinze da noite. Entro e sou recebido pelo maître, que pergunta se tenho reserva. Digo que procuro meus amigos, Jinez e Rose. Ele checa uma lista e me convida a segui-lo. Desço uma pequena escada e encontro um ambiente tipicamente italiano. Os dois já estão em uma mesa ao fundo da cantina. Rose acena quando me vê e sigo até eles.

— Que lugar mais charmoso — comento enquanto nos abraçamos.

— Conhecemos este restaurante há alguns anos. E sempre voltamos quando passamos por Santiago — explica Rose.

— Obrigado pelo convite. Está sendo um dia muito bonito para mim. Mais cedo, quando deixaram a praça, reencontrei Maik e Eva, aquele casal alemão que comentei mais cedo com vocês.

— Você é uma pessoa querida, Luca. Como nós, tenho certeza de que seus amigos estão felizes em revê-lo — enquanto fala, Jinez estende sua mão e toca minha cabeça.

— Você tem notícias de Nina? — pergunta Rose.

— Sim. Nos falamos há poucos dias, ela está a caminho. Deve chegar depois de amanhã, no sábado. Teremos tempo para comemorar. Eu viajo de volta no domingo.

— Que bom. E aquele seu outro amigo, o Rodrigo, onde ele está? — insiste Rose.

— Eu não sei. A gente se perdeu quando fui para Astorga. Pelas datas, é para chegar amanhã, mas não tenho nem certeza se ele continua no Caminho. Nina me disse há poucos dias que sim.
— Ele não estava bem. Deu pra notar. Algumas pessoas buscam o Caminho para resolver assuntos que não se resolvem em outro lugar a não ser dentro delas mesmas. Não adianta fugir para cá na esperança de encontrar uma luz, se não estiver disposto a encarar a si mesmo. Eu já vi de tudo por aqui, Luca. Pessoas muito perdidas, apostando que o Caminho vai dar uma direção a elas. O risco é que elas se percam ainda mais — comenta Rose. — Precisamos aprender a enfrentar os nossos próprios fantasmas.

Sinto que o que Rose diz tem mais a ver comigo do que com Rodrigo. Se é verdade que o Caminho sozinho não é capaz de acabar com nossos fantasmas, ele me colocou de frente com os meus e me fez enfrentá-los.

O garçom nos atende, fazemos o pedido e a conversa muda. Jinez me conta como conheceu Rose. Sua risada ao contar e se divertir com as histórias já vale toda a conversa. Falamos a noite toda. Também comemos, bebemos, conto um pouco da minha vida a eles e da minha vontade de voltar ao Caminho. Brindamos à amizade que o Caminho nos proporcionou. Às onze da noite, pedimos a conta e saímos.

Os momentos de despedida são tão bonitos quanto tristes. É ruim me despedir dos amigos que fiz no Caminho sabendo que moram tão longe. A esperança de reencontrá-los um dia é quase um sonho, que tentarei realizar algum dia. O hotel do casal fica na direção oposta ao meu albergue. Nos abraçamos e trocamos contatos antes de partirmos.

— *Buen Camino!* — gritam os dois quando me viro de costas.

Tento responder, mas não consigo. Estou engasgado, com vontade de chorar mais uma vez. Aceno de longe, me viro e, mais uma vez, deságuo.

A rua está cheia de gente. As noites no Centro Histórico de Santiago são bastante animadas. Estou levemente embriagado pelos vinhos que tomamos. Olho ao redor enquanto vou em direção ao seminário. Ando, observo as pessoas, reconheço alguns peregrinos e penso bastante. Num olhar para dentro de um bar, vejo um grupo grande de peregrinos se divertindo ao redor de uma mesa. Penso em como seria bonito se pudesse juntar todos os meus amigos do Caminho numa mesa. De repente, olho rápido alguns rostos que estão nesse bar e, quando noto, uma garota me observa. Minha embriaguez se vai tão rápido quanto minha surpresa: é Sol. Desvio o olhar, volto-me para a rua e caminho um pouco mais rápido. Viro à direita, depois à esquerda, à direita novamente e avisto o albergue mais à frente, no topo do morro. Desacelero, olho ao redor e já não vejo mais tanta gente. *Ela deve estar com medo de mim*, penso. No lugar dela, eu também estaria.

Continuo pela rua, atravesso uma avenida para começar a descer a baixada que leva à subida do seminário. Minhas pernas sempre doem nessa baixada. Mais tranquilo, entro na rua. Não há ninguém à minha frente. Respiro fundo e começo a andar devagar.

Logo percebo que atrás de mim há mais alguém que caminha para o seminário. Continuo devagar, atravesso para o outro lado da rua e a pessoa também atravessa atrás de mim, com passos mais rápidos. Fico um pouco apreensivo, a rua está deserta, então acelero a passada e o vulto também acelera. Tento manter o ritmo apressado, mas as pernas começam a doer insuportavelmente. Começo a ficar apavorado. Quando penso em correr, já é tarde. Uma mão forte segura meu braço e estremeço.

— Desculpa! Me desculpa! — diz uma voz grave e ofegante.

Quando olho para trás, não consigo acreditar no que vejo. Rodrigo me olha enquanto, quase sem ar, coloca uma das mãos no joelho. Ele alterna várias vezes o olhar entre o chão e o meu rosto.

— Eu pensei em te gritar, mas já é tarde da noite, eu poderia ser preso. E quando me aproximei, você correu... — completa ainda com a respiração acelerada.

Meu coração também está acelerado. Recupero-me do susto escorado no muro de um hotel.

— Você quase me matou duas vezes. De susto e de dor — digo com a mão no peito. — Quando você chegou? Pensei que chegaria amanhã.

— Foi hoje à tarde... Caminhei um pouco mais pra chegar logo. Eu precisava chegar — responde Rodrigo, agora com o corpo ereto. — Você também está hospedado no seminário? — pergunta-me.

— Sim! — respondo ainda confuso. — Não esperava encontrá-lo assim, de repente.

— Desculpa! Venha, vamos andando. Mas agora sem pressa, por favor — fala em tom descontraído.

— Calma! Espera! — Seguro Rodrigo pelo braço e impeço-o de seguir. — Já que você me pegou desprevenido, eu preciso te dizer algumas palavras. Primeiro, que eu quis muito te reencontrar no Caminho, mas algumas situações aconteceram sem eu querer, me perdi de você, de Nina e, ainda por fim, acabei me machucando. Cheguei a Santiago há uma semana de ônibus. Preciso te pedir desculpas por isso, por não ter te esperado em Astorga como combinamos.

— Luca, você não me deve desculpas.

— Calma! — interrompo Rodrigo mais uma vez. — Deixa eu continuar. Mas mesmo não estando contigo, eu tentei te ajudar. Eu pensava que se encontrasse a Sol poderia te avisar e te deixar mais tranquilo. Até que um dia, na Cruz de Ferro, achei que tivesse encontrado sua Sol, a argentina, mas ela me disse que não te conhecia. E eu fiquei muito confuso. Confesso que até desconfiei de você. E senti raiva.

Rodrigo pega minha mão e a aperta. Ele me olha emocionado, como se me pedisse pra parar:

— Luca... Era ela.

— A Sol? A argentina que encontrei na Cruz era a sua Sol?

— Possivelmente, sim, era ela... — Rodrigo fala e dos seus olhos escorrem lágrimas silenciosas. Não é o mesmo choro de quando nos conhecemos. Seu choro é leve como a chuva que caiu em Santiago assim que cheguei.

— Então precisamos voltar para o Centro! Eu sei onde ela está. Acabei de cruzar com ela num bar.

— Não, Luca. Nós não precisamos voltar. Acabou... — Rodrigo me olha como se me pedisse para não insistir.

— Por que acabou? Por que não voltamos? — pergunto surpreso.

— Porque a pessoa que eu procurava morreu.

Se tudo tiver fim,
mas se no fim de tudo
tiver amor, então no fim
terá tudo.

O nascimento

— Então a Sol que eu acabei de ver no bar? É um fantasma? Eu estou vendo fantasmas? — Foi o que consegui perguntar a Rodrigo antes de ele me puxar em silêncio rumo ao seminário. Subimos a rua e, em vez de virarmos à direita pelos jardins, Rodrigo me conduz para outra escadaria. Subimos um pouco os degraus e nos sentamos em uma mesa de concreto no meio das escadas, rodeada pelo gramado, isolada da passagem de pessoas.

— Não. Você não viu um fantasma. Essa Sol que você encontrou, ela possivelmente está viva. Mas eu não tenho ideia de quem ela seja. Quando te pedi desculpas ali embaixo não foi pelo susto que te dei. Foi por ter te envolvido na minha história.

— Mas você disse que ela morreu...

— Você se lembra daquela manhã, em Burgos, em que nos encontramos no café? Você me perguntou o nome da pessoa que eu procurava e eu disse que era Sol... Porque foi o primeiro nome que me veio à cabeça. A Sol que você viu na Cruz de Ferro provavelmente estava nesse café em que nos encontramos. Eu devo ter escutado esse nome por ali e quando você me perguntou como a pessoa que eu procurava se chamava, eu disse que era Sol, mas não era.

— E quem era essa pessoa que você procurava? — pergunto ainda mais confuso.

— Miriam.

— E quem é Miriam?

— Minha esposa — Rodrigo responde, enquanto tenta controlar as lágrimas.

Antes de eu perguntar, Rodrigo continua:

— Foi antes de vir para o Caminho. Há um ano ela foi diagnosticada com câncer de pulmão. Quando descobrimos, ele já tinha avançado para outros órgãos. Foi muito rápido. Tentamos vários tratamentos, mas nada adiantou. O câncer continuou avançando, até que, oito meses depois, ela se foi.

Sem saber o que fazer, levanto-me e me sento ao lado de Rodrigo. Abraço-o e ele desaba em choro outra vez.

— Os últimos meses sem ela foram os piores da minha vida. Eu a amava tanto — Rodrigo fala entre soluços. Depois de um tempo, respira, seca o rosto com as mãos e continua. — Vê-la sofrer foi muito triste. Os últimos dias no hospital foram duros. Ela pediu para suspender o tratamento. Falava que estava cansada e eu dizia que ela tinha que lutar. Chegamos a brigar por isso. Um dia, na cama do hospital, ela estava bastante debilitada e me chamou para me pedir algo... — Rodrigo faz uma pausa antes de continuar. — Ela disse "deixe-me ir". E seus olhos ficaram me olhando por um tempo, até eu conseguir perceber que havia partido... Passei os três meses seguintes muito mal sem ela. Eu só pensava no que ela havia me dito antes de morrer. Não conseguia entender o pedido. Se ela me amava, por que me pediu para deixá-la partir? Para mim, era como se ela não me amasse mais.

— Foi quando você veio para o Caminho?

— Sim. Um amigo um dia me chamou para conversar e disse que eu precisava fazer o Caminho. Ele havia feito há uns anos, quando perdeu o pai. E só me disse isso, que eu precisava fazer o Caminho. Então, um dia acordei, peguei minha mochila, umas roupas, e vim. — Rodrigo respira fundo mais uma vez e continua. — No começo, eu estava melhor. Pensava sobre o que tinha acontecido e tentava entender o que ela quis dizer com o "deixe-me ir". Mas, alguns dias antes de te encontrar, comecei a pensar que ela estava fazendo o Caminho comigo. Acordava e caminhava com ela. Um delírio. Até que um dia acordei e percebi que ela não estava mais lá. Foi quando comecei a procurá-la pelo Caminho. Fiquei muito confuso, nervoso, desesperado... Quando eu e você nos encontramos eu estava assim, no meio dessa confusão. Por isso, a primeira coisa que disse a você hoje foi que me desculpasse.

— Rodrigo, você não me deve desculpas. Eu não tinha ideia do que você vivia. Eu consigo entender sua tristeza. Eu também passei por uma história de perda parecida. E agora entendo por que nos aproximamos tanto. Sua tristeza, quando nos conhecemos, era muito parecida com a tristeza que senti quando perdi minha filha. Eu te entendo. Nossa história, de algum jeito, se cruza.

Rodrigo me olha e seus olhos têm um brilho que não tinham quando nos conhecemos.

— Luca, você precisa me perdoar.

— Então eu te perdoo. Se pra você é importante, eu te perdoo.

Nós dois choramos juntos desta vez. Nos abraçamos e ficamos numa espécie de casulo até que Rodrigo me conta sobre sua chegada.

— Depois que eu e você nos separamos, caminhei alguns dias sozinho. Foi quando comecei a ter a clareza de que ela não estava mais aqui. Nos últimos dias de caminhada, pensei muito sobre o que ela havia me pedido. Como fui egoísta! Não pensava na dor que ela sentia, só na minha própria dor de não conseguir viver sem ela. Ela não queria mais ficar, porque não queria mais sofrer. Não tinha a ver comigo. Tinha a ver com ela. Então, na verdade, quando ela me disse "deixe-me ir", ela estava me pedindo para eu ir viver a minha vida... Foi assim que cheguei a Santiago, compreendendo minha perda e reaprendendo a viver sem Miriam.

A história que Rodrigo me conta dá sentido a tudo que passei ao lado dele. Suas confusões, suas fugas, o nervosismo, a vontade de se isolar. Sinto empatia por Rodrigo porque também passei por esse sofrimento... E todas essas dores e culpas, eu também senti.

— Você disse que perdeu sua filha. Também foi antes de vir ao Caminho?

— Foi há cinco anos. Eu senti a mesma confusão quando Nalu morreu. Hoje, minhas dores são de arrependimento com o que eu e Naíma, minha ex-esposa, fizemos depois que Nalu morreu. O Caminho também me ajudou a pensar um pouco mais em como resolver minha história com Naíma. Mas não vamos falar disso agora. Que bom que você está aqui. Por mais difícil que tenha sido, me sinto ainda mais feliz por você ter me acolhido em sua jornada.

Ficamos um tempo sentados no banco nos consolando. Até que decidimos sair:

—Agora que você terminou o Caminho de Santiago de Compostela, nós precisamos, de algum jeito, celebrar sua chegada. Venha, vamos procurar um lugar.

Levanto-me e ergo Rodrigo pela cintura. Descemos as escadas e voltamos à baixada no sentido contrário ao seminário.

Chegamos mais uma vez ao Centro Histórico de Santiago, escolhemos o primeiro bar e nos sentamos. Guardamos as tristezas no bolso e brindamos nosso reencontro. O brilho nos olhos de Rodrigo, por mais ofuscado que ainda esteja pela perda de Miriam, não esconde o amor que ele carrega dentro de si.

🐚

Acordo tarde no seminário. Ontem, voltamos ao albergue na madrugada. No bar, conversamos sobre nossas vidas. Rodrigo quis saber da minha história com Naíma, contei a ele um pouco mais de Nalu e acabamos descobrindo mais semelhanças nas perdas que tivemos. Falamos do Caminho. Rodrigo insistiu para que eu voltasse depois para fazer o Caminho completo. Ele mesmo já pensa em voltar daqui a alguns anos. Quer fazer o Caminho sem o peso que trouxe para este ano. Foi a noite mais bonita da minha jornada. Voltamos abraçados ao albergue. Combinamos de nos encontrar na Catedral, antes do meio-dia, para conseguirmos assistir à missa.

No horário combinado, nos encontramos na porta da igreja. É sexta-feira e a Catedral não está tão cheia como pensávamos. Entramos e nos sentamos nas primeiras fileiras, mais próximas do altar. Logo a missa começa e Rodrigo fica em silêncio por quase uma hora. Ao final, numa canção, se emociona, como aconteceu na missa em León.

Assim que saímos, sem que eu pergunte, ele me conta que aquela canção era a que Miriam mais gostava de cantar quando iam às missas no Brasil. Por isso, se emociona sempre que a escuta.

O voo de Rodrigo é no fim do dia. Vai a Madrid e, de lá, embarca para o Brasil. Quer reencontrar com a sua família e a família de Miriam.

Acompanho-o ao seminário, vejo-o arrumar sua mochila devagar. Rodrigo separa em dois montes suas roupas e seus itens da mochila. Ao final, coloca o menor monte de roupas dentro da mala, e o maior me entrega.

— Luca, faça-me um favor. Como não tenho muito tempo, entregue esses itens na Catedral para mim. Diga que é uma doação de um peregrino que aprendeu um pouco sobre o desapego no Caminho.

— Sim. Eu entrego.

— Obrigado. E agora vamos. Está na minha hora.

Descemos as escadas internas do seminário. Rodrigo já havia pedido um táxi para a estação de trem. O carro está na porta quando chegamos.

— Eu nunca vou me esquecer de como você me ouviu naquela noite em Burgos. Você não sabe como foi importante para mim. Espero um dia poder fazer o mesmo a alguém.

— Quando fico triste pensando nas minhas dores, em como não consegui caminhar como eu queria, penso nos encontros que tive e fico feliz novamente. Você está dentro dessa minha felicidade. Obrigado, meu amigo. Nos vemos no Brasil.

— Em breve, por favor!

Rodrigo entra no carro e logo se vai. Fico na porta do albergue por mais alguns minutos. Peregrinos chegam e saem sem parar. Penso na sorte de ter feito o Caminho como fiz.

🐚

A última mensagem que Nina me enviou foi na noite anterior, na quinta-feira, antes de encontrar Rodrigo, e dizia que chegaria cedo no sábado. Estava com um grupo de amigos e que pretendia sair na madrugada para fazer o último trecho.

Decido não ir mais à cidade hoje. Como besteiras na lanchonete do seminário e subo para a cama. Volto a escrever no meu diário. Para o dia do reencontro com Rodrigo, escrevo sobre o amor. Lembro-me de quando conheci o rio Amazonas e amigos da região me contaram que embaixo daquele rio existia outro rio, tão volumoso quanto o rio da superfície. De alguma forma, essa história do rio me lembra da história dos amores que vivi aqui. Dei a esse dia o título de "Um rio debaixo de outro rio". Escrevo e mergulho em um sono profundo. Antes, coloco o celular para me acordar bem cedo. Amanhã é dia de nadar no rio Nina.

🐚

São seis da manhã quando o meu celular me acorda. Levanto-me, tomo um banho solitário nas duchas coletivas do seminário, pego um café na máquina da lanchonete e vou para a porta. Caminho do lado de fora e observo a cidade acordar em um sábado de muita neblina. Parece que vai chover, mas não chove.

Sigo pelas ruas de Santiago a passos lentos. São seis e meia da manhã, algumas cafeterias ainda estão abrindo suas portas. Está escuro. No verão, as manhãs demoram a acordar.

Chego à praça da Catedral às sete. Desta vez, encontro o lugar praticamente vazio. O público que se atreve a cruzar o espaço é o mesmo que abre as cafeterias em uma manhã de sábado de neblina em Santiago.

Sento-me escorado na mesma pilastra onde esperei Maik e Eva. Aproveito a folga no tempo para recordar do meu Caminho com o arquivo de fotos que fiz com o celular.

Aos poucos, pequenos grupos de peregrinos começam a chegar. Os primeiros chegam mais tímidos. Logo, rodas começam a ser formadas e grupos começam a cantar e a dançar em frente à Catedral. Tiro uma foto da cena e envio a Nina: "Estamos todos te esperando".

Será que o grupo que ela encontrou é legal?, me pego pensando alto. *E se ela me trocar por outro peregrino?*, penso besteiras para me ocupar, enquanto Nina não aparece. Quando me disse que chegaria cedo, não perguntei a hora. O que é cedo para um peregrino que caminhou mais de oitocentos quilômetros de distância e só pensa em chegar? Pode ser que ela já esteja em Compostela... Penso que eu mal dormiria na minha última noite no Caminho.

Meu celular vibra. Tiro-o do bolso e verifico que tenho uma nova mensagem. Nina me enviou uma foto. Abro a imagem e logo reconheço o lugar. É a praça onde estou. No quadro, uma pilastra bem alta faz suporte para um rapaz que está sentado aos seus pés. Reconheço-me de costas. Olho para trás, Nina segura o celular com uma das mãos, como se ainda estivesse tirando a foto que acabou de me enviar. Levanto-me, Nina coloca o celular no bolso e pula para me abraçar. Nosso abraço dura uma jornada.

🐚

— Eu tenho muita coisa para te contar.

— Eu também — comenta Nina, no meio do nosso abraço.

— Mas antes você merece um brinde. Vamos comemorar. — Pego a mochila das costas de Nina com uma das mãos e abraço sua cintura com a outra. — Nosso tempo em Santiago é curto demais. Conversamos enquanto bebemos — digo antes de ser interrompido por um beijo de Nina.

Depois do beijo, volto a falar:

— Só tem uma coisa que quero que saiba logo: eu já planejei nosso próximo encontro.

— Mesmo? Então me diga quando e onde eu vou te encontrar.

— Daqui a um ano, em Saint Jean Pied de Port.
— Na França... No começo do Caminho...
— Sim. Desta vez, eu quero fazer ele inteiro. E quero que seja contigo. O que acha?
— Eu acho que você precisa começar a treinar logo, pois eu já estou pronta.

Epílogo
Sexta-feira, Santiago de Compostela, Espanha

Um rio debaixo de outro rio

Debaixo daquele rio existe outro rio. Foi isso que os pesquisadores descobriram quando mergulharam mais fundo nas águas doces do Rio Amazonas.

Eu também já mergulhei fundo nas minhas águas quando tentei encontrar um novo caminho. E descobri que debaixo de um amor existe outro amor, tão grande quanto um rio, tão doce quanto as águas do rio mais doce.

De cima da superfície, é difícil enxergar o amor das profundezas. A gente passa uma vida nadando no raso das nossas águas, sem saber que há um oceano debaixo da gente pra se banhar.

Quando eu descobri o meu rio debaixo de outro rio, aprendi que quando a gente navega sobre nossos amores, ficar à deriva é ficar sobre o doce de todas as nossas águas.

Este livro foi composto em Fairfield LT Std e impresso pela Intergraf para a Editora Planeta do Brasil em julho de 2018.